# ベターハーフムーン

RIKA
ANZAI
安西リカ

CHOCOLAT
BUNKO

ILLUSTRATION みずかねりょう

CONTENTS

1

店から地上に出るまでの階段の数は十二。二段飛ばしに駆けあがると、靴の裏にごみがくっつく。煙草《たばこ》の吸い殻、ガムの包み紙、ツケまつげ。

ビルの管理会社が新しく契約した清掃サービスはあからさまに質が低下していた。ただでさえ荒んだ風俗ビルが雑な清掃でさらにうらぶれて見え、こりゃまたマネージャーがぴりぴりすんな、と怜王《れお》は靴の裏にくっついたガムをアスファルトになすりつけてなんとか剥《は》がした。店のセッティングが早めに終わると、客からオーダーされがちな煙草やガムを調達しにコンビニにいき、オープンの時間まで勝手に煙草休憩をとるのが怜王のルーチンだった。

「うええ、さむ」

ぴゅっとビル風が吹きつけてきて、思わず首をすくめた。十一月も終わりで、昨日あたりから急に寒くなってきた。安物の黒服は生地がぺらぺらで、ブルゾン着てくりゃよかったと後悔したがとりに戻って貴重な休憩時間を削られたくない。それにほんのわずかな時間差でここ最近の癒しとすれ違う可能性もあった。

勧めているキャバクラから徒歩二分のコンビニに、怜王好みのイケメンが初めて姿を見せたのは先週の火曜のことだ。

その日も顔見知りの他店のボーイとくだらない話で盛りあがりつつ店外のスタンド灰皿を囲んでいると、スーツ姿の若い男がすっとコンビニに入っていった。

定番のネイビースーツに薄手のコートやブリーフケースを手にした姿は「正統派」とハンコを押したくなるような佇《たたず》まいだ。とはいえ、仕事帰りの息抜きや接待でこの界隈《かいわい》にやって来る会社員は珍しくもなんともない。しゃっきりした身なりで現れ、数時間後にべろべろに酔っぱらって猥雑な歓楽街に溶け込む流れだ。怜王が目を引かれたのは、彼の見た目が好みど真ん中だったからだ。

肩幅のある長身で、きりっとクールなイケメンに昔から弱い。艶のある黒髪は分け目のはっきりした七三のビジネスショートで、端整な顔立ちによく似合っている。年は三十か三十一、そのくらいだ。

「おー、怜王のタイプか？」

「よだれたれてんぞぉ」

店内に入っていく彼に視線を釣られて仲間に冷やかされた。黒服仲間の間で怜王がゲイだというのは周知の事実だ。

店の女の子とデキる可能性がないのでマネージャーには重宝されるし、女の子にも気を許してもらえてなにかとおトクだし、なによりいちいち隠すのは面倒くさい。怜王も一応イケメンのはしくれなので「俺、ゲイなんだよね」の一言はいろんな方面に便利だった。

キャバクラは女の子が主役なので、ボーイは裏方として地味に徹するのが基本だ。が、今の店長は「全員アゲアゲ」の方針なので、怜王も金髪のハーフアップにグレーのカラコンで決めていた。顔だけでいうと若干《じゃっかん》可愛い寄りなので、黒服仲間に「怜王ならヤレるわ」と冗談半分に言われることもある。しかし怜王にも好みというものがあった。下半身ゆるめの自覚はあれど、男なら誰でもいいというわけにはいかない。その点、彼は最高だ。

「むっちゃタイプだよー」

素直に答えながら目で追うと、彼はカップコーヒーを買ってイートインコーナーに落ち着いた。派手髪のギャルがだらだらとスマホを弄っているのを尻目にきびきびとノートパソコンを広げる。商談前にデータファイルに目を通している営業マン、という風情《ふぜい》だ。

十分ほどして、彼はコンビニを出ていった。ああいってしまう…と未練たっぷりに見送ってまた仲間にからかわれたが、それから彼はほぼ毎日そのコンビニに姿を見せるようになった。

「どっかの会社が新規出店のリサーチかけてんじゃねーの」というのが仲間の推測で、怜王もそんなところだろうなと思っていた。つまり、彼が姿を見せてくれるのはどっちにしても短期間ということだ。眼福にあずかれるうちにあずかりたい。

「お、いた」

今日はシフトの調整があって、休憩時間がずれ込んでいた。怜王が煙草を買いにコンビニに入ると、もう彼はイートインでいつものようにパソコンを睨んでいた。

冬の近いこの時期は風が強いと仲間も出て来ない。今日はことさら風が冷たく、いつものスタンド灰皿の前には誰もいなかった。

「コーヒー、レギュラー」

一人で震えながら煙草を吸う気にもなれず、怜王は初めてコーヒーを片手に彼の近くに陣取った。近くで見ても、やはりいい男だ。きれいな鼻梁《びりょう》と顎のラインに本気で見惚れてしまう。袖口からのぞく時計はビジネスユースの国産で、本物かどうか怪しい宝石ベゼルのぎらぎら時計を見慣れた目には拝みたくなるような清潔さだった。

そういやこのニセモノ時計、戻すの忘れてら、と怜王はふと思い出して黒服の内ポケットに手を入れた。

鑑定士に偽物認定されたスイスの高級腕時計は、ボーイ仲間の鯨島《くじらじま》と協力して金庫から持ち出したものだ。偽物とすり替えて売り払う計画だったが、そのもの自体が偽物だった、というしょうもないオチに鯨島とふたりで腹を抱えて笑った。

店のマネージャーは「おまえらもこんなの買えるように頑張れよ」とことあるごとにコレクションボックスを見せびらかしていたが、自慢話のための嘘だったのか、それともマネージャー殿自身がカモられていたのかは定かではない。売り払ってもいいとこ千円と言われ、そのまま内ポケットに入れて忘れていた。

鯨島が偽物とすり替えているはずだが、これを元に戻しといたほうが間違いないよな、などと考えながらコーヒーを飲んでいると彼が腰をあげた。

あ、もういっちゃうのか。

帰り支度を始めた彼を視界のはしで捉え、怜王もさりげなく立ちあがった。店の開店時間までまだ少しあるし、そろそろ好みのイケメンも見納めかもしれないし、とそんな軽い気持ちで店を出ていく彼のあとをつけた。

おまえは思いつきとノリだけで生きてんな、と鯨島によく呆れられるが、それはよくも悪くもフットワークが軽いということだ。怜王が探偵気分でウキウキ尾行していることも知らず、彼は年季の入った飲食ビルの前で足を止めた。大通りから角に入ってすぐ、という立地だけはまあまあだが、古いタイル張りの七階建てで、ワンフロアにつきせいぜい三軒がいいところのペンシルビルだ。

「よし、四階だな」

彼が建物に入り、エレベーターに乗り込むところまで確認すると、怜王は気合を入れて階段を駆けあがった。運動不足のキャバクラのボーイにはなかなかきついが、それでも息を切らして頑張ると、老朽化著しく動作の遅いエレベーターとほぼ同着で四階についた。

踊り場から彼が入っていく店を確認し、怜王も息が整うのを待って何食わぬ顔でドアを押し開けた。

「いらっしゃい」

まだオープンしたばかりで、店内に客は彼一人だった。

「お一人ですか？」

カウンターのマスターは、金髪ピアスに黒服の怜王をちらっと見て、にこやかに「お好きな席にどうぞ」と微笑んだ。近くの水商売の従業員が出勤前の景気づけで入って来るのは珍しくもないのだろう。

「ジントニック、薄目で」

彼はL字の短いほうのカウンターの端っこにいる。本当は横に座りたいくらいだったが、角度的に自然に観察できる位置に座ることで満足し、怜王はちらっと彼を窺った。そして険悪に見返されてたじろいだ。

えっ、なんで？

それはほんの一瞬のことで、彼はすぐにとり繕った様子で怜王から目を逸らした。見間違いかと思いかけたが、彼の手元になにかの書類とタブレット端末があるのに気づいて納得した。オープンしてすぐは客もいないから話をきいてもいいよ、と言われて営業に来たのに、怜王が邪魔をしてしまったのだろう。

真面目そうな会社員、としか思っていなかっただけに、舌打ちしそうなきつい表情が意外で、ときめいた。気の強い男は好きだ。

「お待たせしました」

ナッツの小皿と一緒にジントニックが出された。

「狩谷《かりや》さん、いいでしょうか」

彼が待ちかねたようにマスターに声をかけた。深みのあるいい声だ。

「営業中に来るなら、せめてなんか飲んでほしいよ」

「すみません、私は仕事中ですので」

声を落としてはいるが、他に客もいないので会話は耳に入ってくる。賃貸契約とかオーナービルとか、切れ切れにきこえてくる単語から、彼が不動産会社の社員で、このビルのテナントに退去を求めているらしいことがわかってきた。老朽化に伴《ともな》う建て替えで、補償を含めて交渉したい、ということのようだ。

それにしてもイケメン、声までいいとはな？

怜王はジントニックをすすりながら、彼の低音の美声につくづく感心した。

「でも自動更新で契約してるんだよ。この前も言っただろ？」

「その点は承知しております。ただ、今回は借地借家法二十八条に依《よ》りまして、…」

「そんな難しいこと言われてもよ」

やたらと堅苦しい口調で専門用語を羅列する彼に、マスターが持て余したように「まあ、これでも飲んでよ」とビールの小瓶を開けた。

「仕事中です」

せっかく開けたビールをぴしゃっと断られて、マスターがむっとした。きいていた怜王もその断り方はないだろ、と思わず眉をひそめた。が、彼のほうも明らかに話が進まないことに苛立っていて、「こちらをごらん下さい」とタブレットをマスターのほうに突きつけた。

「もういいって」

「それでは済まないんです」

「済まないってのはなんだよ」

あからさまに迷惑がりつつもそれなりに対応していたマスターが、上から押さえつけるような彼の物言いに、とうとう声を荒らげた。

「あんた、何様だ」

「とにかく最後まで話をきいてください」

「いい加減にしねえと営業妨害で通報するぞ！」

「は？　営業妨害？」

「あの！」

彼はだいぶ短気なようで、突然ドスの利いた声を出し、怜王のほうがひやっとした。思わずスツールから腰をあげると、二人が同時に怜王のほうを向いた。

「えっと、お勘定を」

「ああ、すみません」

マスターが我に返ったように笑顔を浮かべた。

支払いをしながら見ると、うんざりした様子でこっちを向いていた彼と目が合った。怜王は「いったん引いた方がいいよ」と目で合図を送った。

「また改めて参ります」

怜王の合図を受けとったのかどうなのか、明らかに気が抜けた様子で、彼も腰をあげた。

「えーと、あの」

はからずも一緒に店を出ることになり、動作の遅いエレベーターの前で、怜王は隣の彼を見あげた。並ぶと彼のほうがわずかに背が高い。肩幅や胸板の厚さから、実際より長身に見えるタイプだ。怜王は逆で、「おまえ案外背が高いのな」とよく驚かれる。

「あのビールの断り方は、ちょっとまずかったのでは」

「は？」

考え事をしていたらしく、急に話しかけられて彼がびっくりしたように怜王のほうを向いた。

「怒らせちゃったの、まずいんじゃないんですか？」

怜王の言葉に、彼は不機嫌そうに目を眇《すが》めた。魅力的な切れ長の目で見下すようにされるとぞくっとする。

「向こうが勝手に腹を立てたんだ」

見た目のスマートさとは裏腹に、相当血の気が多いようだ。吐き捨てるように言って、ついでに腹立ちをぶつけるように「遅い」とエレベーターのボタンを乱暴にがちゃがちゃ押した。あからさまな八つ当たりに驚きながら、怜王は奇妙な親しみも感じてしまった。

「ビールの栓開けちゃったんだから、一口くらい口つけたらよかったのに」

「俺は頼んでないし、第一仕事中に飲酒とかありえない」

「いやまあ、それはそうなんでしょうけど」

遠くからときめいていたときにはこんなきつい物言いをする男だとは想像もしていなかった。

「そもそも向こうが営業時間に店に来いって指定したんだ」

のろのろとエレベーターが扉を開くと、彼は怜王に先を譲り、文句を言いながら乗り込んできた。

「だからそれは飲んでほしいからでしょう。売り上げに協力してあげたら話早いのに」

店の様子から、あまり繁盛しているようには見えなかった。軽く飲んで世間話の一つでもしたら、マスターもあんな頑なな態度はとらなかったはずだ。

「は？　売り上げに協力？　なんでそんなことしなくちゃならない」

彼が不機嫌そうに眉を吊りあげた。

「なんでって、頼み事があるんでしょ？」

「頼み事って、老朽化に伴う建て替え案だぞ？」

とげとげしい物言いに、怜王もむっとした。

「そんなの知りませんよ。けど話に応じてほしいほうが相手に合わせるのが普通なんじゃないですか？　偉そうに話きけよって態度とったらそりゃうまくいかないよ」

「店長雇ってるとこはちゃんと書面で回答してきた。のらくら返答引き延ばしてるのは自分で店に出てるやつらだけだ」

そんな言い方はないだろ、と腹が立ってきたところでやっと一階についた。

「裁判所に訴えたら圧倒的に向こうが不利なのに、こっちはわざわざ足運んで来てやってるんだ」

エレベーターを出てもまだ文句を言っている。

「あのさ」

怜王はくるっと身体の向きを変え、彼と真正面から向き合った。

う、顔がいい……。

きっと眉を吊りあげた精悍《せいかん》な美形に睨み返され、ムカつきながらもつい見惚れてしまっ

た。

「なんだよ」

「説明会の出欠にサインもらえなくて困るのはあなたのほうなんですよね？」

飲みながら、彼の下手くそな交渉はきいていた。

彼が目を眇めた。見下すような表情が魅力的だが、不遜な態度にさすがに怜王もイラついていた。

「裁判やったら勝つのはこっちだ」

「あんたさ、水商売の人間見下してない？」

つい感情的になって言葉がきつくなった。

「なにが裁判だよ。わざわざ足運んでやってる、ってあんたいちいち偉そうなんだよ。会社員様と違って自分でリスクとって商売してんのに、休業しなきゃならねーような話、ほいほい乗れるわけがねえだろ」

怜王が突然攻撃してきたことに、彼は一瞬たじろいだ。

「だから説明会で補償の話をするんだ」

「その話をきいてもらえねえのはそのお高くとまった態度のせいだろっつってんの。なーにが仕事中です、だ。俺ならあんなの五分でサインもらってやる」

「じゃあやってみろよ」

彼が声を尖らせた。

「ああいいよ」

売り言葉に買い言葉で、怜王は腕時計で時間を確かめた。

「俺今から仕事だけど、今日は早あがりだから十二時に終わる。そのあとまた来るからここで待ってろよ」

言いながら、怜王はポケットから店の割引券を引っ張り出した。

「なんだ?」

「名刺代わりだ」

逃げる気はないという意味で差し出したキャバクラの割引券を、彼は少々面食らった様子で受けとった。

「椿《つばき》怜王?」

「そ」

おっぱいを両手で抱えた女の子の萌えイラストと原色フォントのえっちなキャッチコピーのついた割引券には、「ご案内:椿怜王」と申し訳程度に名前が入っている。

「仕事終わったらすぐ来てやるよ」

「ああ、わかった」

スーツの内ポケットに手を入れて、彼も名刺を差し出してきた。

「十二時だな」

これは相当の負けず嫌いだ。まさか名刺まで出してくるとは思っていなかったのでびっくりした。

それじゃ、とそこで別れて、怜王は早足で店に向かいながらもらった名刺を眺めた。怜王でも知っている大手不動産会社の名前の下に「関東法人営業部 東屋圭吾《あずまやけいご》」と刷られている。

「あずまや・けいご」

振られているローマ字を読んで、つい腹立ちも忘れてにやにやしてしまった。

性格はやや難ありのようだが、怜王はきつい男がタイプなので、落ち着いたリーマンに見せかけて、剣呑《けんのん》な目つきや舌打ちしそうな表情まで好みど真ん中だ。

あんな男と一回でいいからやってみたい。ちょっときつめに責められたら死ぬほど興奮するだろうなあ……。

とはいえ、まっとうな会社員がキャバクラのボーイとの口喧嘩をいつまでも覚えているわけがない。勢いで名刺まで渡したものの、思い直して約束を反故《ほご》にする可能性のほうが高いくらいのことは怜王もわきまえていた。

だからその日の仕事帰りにあのペンシルビルに向かい、彼が立っているのを見つけた時は「おっ」と思わず声が出た。

「東屋、…さん」

小走りで近づくと、彼が顔をあげた。

「おう」

「って、どうしたの」

彼は明らかに酔っぱらっていた。ぐらぐらするのをなんとか踏ん張り、怜王のほうに歩き出そうとして一歩で立ち止まった。

「ちょっと、だいじょうぶ?」

「くそ、飲ませやがって」

悪態をついた途端によろけ、慌てて肩を支えた。

「東屋さん?」

「歩けねえ」

「えっ」

東屋が口を押さえた。

「歩いたら吐く」

「えええっ」

どうしよう、と焦って周囲を見回した。大通りまではすぐで、この時間なら流しのタクシーが捕まる。

「東屋さん、家どこ？　住所。住所言って」

　思いがけない事態に慌てながら、怜王は東屋にスマホを突きつけた。音声入力でマップ検索してみると、怜王と同じ路線の二駅手前に住んでいることがわかった。

「方向同じみたいだし、送るよ」

　東屋はもう返事をしない。相当酔いが回っているようだ。

　最初の驚きがおさまると、思いがけない成り行きにわくわくしてきた。怜王にとってはご褒美のようなアクシデントだ。大きな身体を支えながら大通りに出て、タクシーを拾った。

「はい、水」

「ん」

　うきうきしながら車に乗り込み、途中の自販機で買ったペットボトルの水を渡すと、一口飲んで東屋はようやく少し持ち直した。

「あーくそ、ぐらぐらする……あの野郎、たっかい酒ばっかり出しやがって」

　とぎれとぎれに東屋からきき出した話をつなぎ合わせると、怜王の挑発に腹を立てて、あのあと店に戻って今度は飲酒しながら話をつけるべく頑張ったようだ。怜王の「水商売の人間を見下してる」「お高くとまってる」という指摘に案外ショックを受けたらしい。

「俺は別に、お高くとまってるつもりなんかない」

「わかったって」

「いつも誤解される」

勢いで口にしただけだったが、彼の傷ついた口ぶりに、悪かったな、と怜王も少々反省した。

「ごめん、言い過ぎた」

「別に君を責めてるんじゃない。俺に原因があるのはわかってるし」

東屋はふー、と息をついて気だるげに指先でネクタイを緩めた。

おおー、とその男の色気溢れる仕草に心の中でどよめき、怜王は生々しい欲望がふつふつと湧きあがってくるのを感じていた。東屋が「くそ」と舌打ちをした。

「なんでこんなこと話してるんだ。なんだか昔から知ってたみたいな気がして…」

それは俺が下心アリアリで見てるからじゃないかな、と怜王は心の中で返事をした。

ネクタイを緩めると、東屋はシートに身体を預けて目を閉じた。窓の外を虹色のネオンが流れていく。歓楽街から離れるにつれて車は順調に走り出し、東屋は自然に寝入ってしまった。

怜王は満を持して、そうっと東屋に身体を寄せた。緩いカーブで彼が怜王にもたれかかってきて、よっしゃ、とその重みを肩で味わった。服越しでも彼のしっかりした身体つきは感じとれる。着痩せするタイプらしく、スレンダーに見えるが、けっこう鍛えていそうだ。勝手にヌードを想像しながら、腿をゆっくり密着させた。東屋はいっこうに目を覚まさない。怜王はこっそり唾を飲み込んだ。

これ、もしかして、もしかすると、なんとかできるかも？

急に可能性を感じてどきどきしてきた。

「東屋さん、ここでいいんですよね？」

タクシーが停まったのは線路沿いにある三階建てのコーポで、怜王はそっと東屋の肩を揺すった。

「ん？　あー…ん…」

うっすら目を開けてうなずいたものの、また眠り込んでしまう。しっかり起こさず、しょうがないというていで肩を貸し、一緒に車を降りたのはもちろん下心あってのことだ。

「東屋さん、鍵」

想像していたようなハイグレードのマンションではなく、もしかすると学生時代からそのまま住んでるのかな、といった風情の庶民的な物件で、彼の部屋が一階だったことに怜王は心底ほっとした。体格のいい東屋を引きずって階段をあがる自信はない。かといって叩き起こしてはっきり目覚めさせたらなにもかもおじゃんだ。

「ん？　あ、鍵…これ…」

「はいはい」

いい塩梅《あんばい》だ。

「大丈夫ですか？　あっ、ちゃんと靴脱いで」

親切ぶって世話を焼くふりで、怜王はすんなり彼の部屋にあがり込んだ。あえて電気はつけない。カーテンを引いていない部屋は外からの明かりで十分見渡せた。玄関を入ってすぐがキッチンで、開けっ放しの引き戸の向こうが広めの居室。間取りとしては１ＤＫだ。

「いい部屋ですねぇ」

猫なで声で彼を支えながらベッドにたどり着く。寒さは服を脱がせたときに我に返らせる要因であり、敵だ。まずはリモコンを探して暖房をつけ、エアコンから温風が吹き出てくるのを確認してベッドに転がっている東屋の耳元にそっと囁いた。

「東屋さん」

名前を呼んでも反応しない。規則正しく胸が上下しているのを確認して、おもむろに唇に軽く口づけてみた。

「……ヤスミ…？」

目を閉じたまま、彼が誰かの名前を呟いた。

これはいける。

怜王はもう一度、情緒たっぷりにキスをした。

「ヤスミ…」

たぶん、恋人と間違っている。

今までの経験上、狙った男を性交に持ち込むのに成功するパターンの第一位がこれだ。相手を錯誤しているうちに勃起させてしまえばこっちのもの。いったん勃てば入れて出したくなるのが男の性というものだ。

合意なき性行為は犯罪、そんなことはわかっている。でもこのご馳走は逃せない。まだコートも着たままの彼のスーツの下に手をかけた。ベルトを外し、前を寛《くつろ》げる。まだなんの反応もしていないが、エロテクには自信があった。しかも下着の中で探ったものは重量感がやばい。逸《はや》る気持ちを抑えて、まずは挨拶代わりに先端にちゅ、と口をつけた。

東屋の彼女がどんな人かは知らないが、この男の恋人がいきなり喉奥まで使って濃厚フェラをするとは思えない。驚かせないようにしおらしく舌を使い始めた。

「――」

エアコンの稼働音と、彼のかすかな声が重なった。声のいい男はやばい。掠れた息遣いだけで怜王は興奮マックスになった。夢中で舌を使い、舐めしゃぶる。

「ん、ぅ…」

そろそろいいかな、とダイレクトに裏筋を舐める。ぐんぐん育ってくれるのが嬉しい。エッチなリップ音に自分で煽られ、怜王はもぞもぞ片手で自分のボトムのジッパーを下ろした。

「あーやば…」

顔をあげると、薄暗がりで最高にビジュアルのいい男が、最高にエロくスーツを乱して横たわっている。

エアコンを効かせすぎたのか、興奮しすぎたのか、暑くなってきた。怜王はブルゾンを脱ぎ捨て、ボトムを下げた。ポケットに常備している携帯ジェルとコンドームで手早く準備をする。そうしながら大事に育てた彼をじっくり観察した。暗がりでも目が慣れて、しっかり把握できる。

「――うん、これは…」

身体の相性、というのにはいろんな要素がある。

したくなるタイミングが合うとか、プレイの好みが同じだとか。

さらにもっとダイレクトに、サイズのフィット感も大きい。でかけりゃいいってもんじゃねーのよ、とゲイ仲間でAV観賞会をするたびに議題にのぼるが、実際そうで、自分に合うサイズが神だ。太さと長さと硬さと反りと、と下品な話で盛りあがったが、目の前のこの男は自分にとって神だ。好きなタイプの、さらに一番マックスサイズ。過去のふんだんな経験が逸品だと言っている。

見ているだけでたまらなくなって、怜王はボトムを脱ぎ捨てると、そうっと東屋にまたがった。

「――」

まずは亀頭をぬぷりと収め、思ったとおりの充実感に息をついた。気持ちいい。めちゃくちゃいい。

ゆっくりゆっくり腰を落として、入ってくる感覚をじっくりと味わった。勝手に顎があがり、呼吸が速くなる。あまりにいいのでもったいなくて、途中で一度腰を止めた。

サイズぴったぴった。やっぱり最高。

「あー…っ」

いいところを、いい感じのものが、いいように刺激する。

「気持ちいい…、うぁ、最高……っ」

思わず声が洩《も》れた。我慢できずに腰を落としてしまい、脳髄を快感が突きあげる。

「はぁあ――」

とっさに口を覆ったが、恥ずかしいほどの嬌声が溢れた。

「あっ、あっ…」

奥まで届いて、その一撃で背中が震えた。

「――やすみ…？」

東屋の声に、怜王はどきっと目を見開いた。下から東屋が薄く目を開いて見ている。まだ半分快感で蕩《とろ》けたままの頭で「ん」と微笑むと、東屋は納得したような表情で目をつぶり、また酔いに負けて顔を横に向けた。完全に彼女と間違っている。

ごめんヤスミ、でもこれ止まんない、と心の中で言い訳しながら怜王は夢中で身体を揺すった。

「はあ…っ」

なにこれなにこれ、と焦ってしまうほど、いい。圧迫されて中がきゅうきゅう締まる。さっきの一撃で、実はもう射精していた。トコロテンとかどんだけぶりだよ、と驚いてしまうがそのくらいジャストフィットのピンポイントで、たぶんそれは彼にとっても同じことのはず。ほぼ眠っている状態なのに、がちがちに勃起したままだ。

「――あぁ…」

その後も数回の中イキを決めて、頭が完全に馬鹿になった。

「は、あ、あ…っ、はあっ、はっ」

快感曲線が滑らかに上昇カーブを描き、もうそこに頂点が見えてきた。中イキと射精が同時に決まると天国が見える。

もうイク――最高にいい男の顔をうっとり眺めていると、東屋がまたふっと目を開いた。

「――ッ、ああ、ああ、あっ」

突然下から突きあげられて、怜王は不意打ちの快感に悶絶した。

声が出ない。息が止まる。

「――」

数十秒、完全に意識が飛んだ。

気がつくと東屋の胸に倒れ込んでいた。

身体中の細胞が蕩けてしまったようで、怜王ははあはあ息をすることしかできなかった。東屋のほうは完全に寝入ってる。怜王はそろっと身体を引いた。

「――っ」

中から彼が出ていく甘い感覚に、またぞくんとした。

めちゃくちゃよかった、最高だった。

快感の余韻に浸りつつ、怜王は手近にあったティッシュボックスを引き寄せ、息を整えながら後始末をした。飛び散った精液をふきとり、使用済のコンドームやその他をブルゾンのポケットにあったビニール袋に突っ込んできつく口を縛る。

「やれやれ」

東屋は熟睡していて、怜王が簡単に服を直してやっても起きなかった。あとは退却する

だけになり、怜王はサンキュー、と東屋の頬に感謝のキスをした。

「ん」

東屋が小さく身じろいだ。しまった、と身体を引こうとしたが、その前に東屋の腕が首に回ってきて、彼の胸に引き寄せられた。バランスを崩しそうになって、慌ててベッドの脇に膝をつき、必死で息を殺した。起こしてしまわないようにじっとしていると、東屋は眠ったまま怜王の頭を抱え込んでぐしゃぐしゃと髪をかきまわした。優しい、愛情に満ちた手つきだ。

「うる」

「？」

「うる…」

さっきは「ヤスミ」と呼んでいたが、別の誰かと間違っているのかな、と怜王はされるままになった。

「うる、うる」

その小声の呼び方と、しきりに髪をかきまわす仕草であぁペットか、とひらめいた。頬にキスをしたせいで、飼い犬とでも間違ったのだろう。

「うる…」

呼ぶ声がなんだか優しくて、怜王は引き寄せられるまま、またベッドにあがって東屋の胸元に頭を乗せた。彼の肌の匂いがする。いい匂いだ。目を閉じると、髪をまさぐる指先から愛情が伝わってくるようだった。撫でられるのが気持ちいい。東屋の匂いも好きだ。

「……うる……」

だんだん指の動きが緩慢になり、東屋の手がぽとっと落ちた。小さな寝息がきこえてくる。怜王は目をつぶったまま「わん」と小声で鳴きまねをした。

帰らないと、と思いながら気持ちがよくて、怜王はいつの間にか東屋にくっついて丸くなっていた。本当に飼い犬にでもなったようだ。

そしてそのまま安穏とした眠りに落ちた。

2

目が覚めたときには朝になっていた。

真っ白いクロスの天井に、あれ、と瞬きをして、怜王はぼんやり横を向いた。見覚えのないストライプのカーテン、壁掛けのデジタル時計。どこだここ。

知らない部屋で、今がいつなのか、さっぱりわからない。

「――えっと…」

すぐ横に誰かが寝ていた。そしてそいつも今まさに目を覚ましたところのようだった。

めっちゃイケメン――は、ぱちぱち瞬きをして、次に不審そうに目を眇めた。

「…だれ？」

一瞬の間があって、そのイケメンが「東屋圭吾」と認識した瞬間、全身が凍った。

嘘でしょ。

「は？」

「え？」

走馬灯は死ぬ前に見るやつ、今のこれはなんていうんだ？

昨夜の淫らな記憶がいっきに脳内に押し寄せる。東屋にひたすら凝視され、「強制性交で現行犯逮捕」という見出しのような文言が浮かんで消えた。やることやったらさっさと帰るつもりだったのに、一緒に寝落ちしてしまった。

「すっ、すみませ…っ」

反射的に謝った怜王に、東屋もがばっと跳ね起きた。

最低限の後始末はしたものの、東屋の着衣は乱れているし、換気していない部屋には情事の匂いが残っている。明らかに「ただ寝落ちしてただけ」ではないと悟って、東屋がみるみる顔色を変えた。

「あの、それじゃあ…」

「ちょっと待て」

ややこしいことになる前に、と愛想笑いを浮かべて帰ろうとしたが、その前に引き留められた。怜王はブルゾンを指先にひっかけたまま固まった。

「悪い」

東屋が目を閉じて額を押さえた。

「俺、昨日のこと覚えてなくて」

「あっ、そうなんだ？」

よかったぁ、と胸を撫でおろす。

「君は、…椿君、だったよな」

東屋が額を押さえた手の間から怜王を見やった。記憶を辿っている様子にまたひやりとする。

「夕べは君にいろいろ助言されて、それで上司に確認とってからもう一回説明会の出欠意思確認しにいって、かなり飲んで店を出て……そのあとの記憶が……」

「俺もだよ」

東屋がまずいことを思い出してしまう前に、と怜王は急いで話を合わせた。

「東屋さんとの約束は覚えてたけど、俺も昨日は客に無理やり飲まされちゃって、そんであのビルいったら東屋さんが潰れかけてたから、家の方向同じみたいだったし送ってきまーすって、そこから、その、俺もよく覚えてなくって、へへへ…」

嘘と本当を織り交ぜて、愛想笑いでなんとか誤魔化す。東屋が額から手を外して怜王のほうを見た。

「俺、君になにかしたのか」

東屋が覚悟を決めたように訊いた。

「えっと…」

なにもなかった、というのはあまりに白々しい。怜王はへらっと笑った。

「その、勢いというか、ノリというかで、ほんのちょこっと、はい」

我ながら要領を得ない説明だが、東屋はそれ以上追及しなかった。眉を寄せてなにか考え込んでいるものの、まさかがっつりやってしまったとまでは想像していないようだ。

「――君は、その…平気、なのか？」

「あっ、はい」

気まずそうに訊かれ、怜王は急いでうなずいた。

「俺ゲイなんで」

明るく答えると、また東屋が黙り込んだ。

自分が男となにかやったらしい、ということと、それがほぼ初対面の相手だということに、同じくらい衝撃を受けている。おそらく一夜限りのお遊びなど、彼はしない人なのだろう。

「本当に、すまない。こんなこと初めてだ。なんで――」

東屋が必要もない謝罪を始めたので、怜王は「いえいえ」と慌てて首を振った。

「俺もよく覚えてないし！　どっちにしても昨日のは合意だから気にしないで」

無理やり勃たせといて「気にしないで」とかどの口が言うんだ、と自分で突っ込んだが、彼の中では自分が襲われる立場になるという発想そのものがなさそうだ。それを利用した上で、とにかくここから退却せねば、と怜王はそそくさとブルゾンに袖を通した。

「それじゃ、お邪魔しました」

再び引き留められる前に、と怜王はスニーカーに足を突っ込んだ。外に出てバタン、とドアを閉めると、はーっと大きく息をつき、それから盛大ににやけた。

いやー、ラッキーしたなあ。あんないい男とやれちゃった。

しかもうまく逃げ切った。はぁーともう一回満足の息をついて、怜王は足取りも軽く歩き出した。

空はうっすらと明るくなっているが、まだ小さく星が出ている。建物の上に、爪で引っ掻いたような白い月も見えた。ブルゾンのポケットからスマホを出して時間を確かめると六時前だった。彼はこれから出勤だろうか。

「…ふへへ」

帰って一寝入りしよう、その前に風呂だ、と頭の半分で考えつつ、もう半分で昨日の痴態を脳内再生する。最高のセックスだった。多少冒険したが、それに充分値する。

もう会えることはないかもしれないけど、ほんとご馳走様でした、と怜王は心の中で東屋にお礼を言った。

そのときには、まさか同じ日に再会するとは夢にも思っていなかった。


「レオ、なんかいいことあったんかー?」

モップで店内の床掃除をしていると、背後から声をかけられた。ボーイ仲間の鯨島はウマ面にそばかすが特徴で、お世辞にも美男子とはいえないが、そのぶん警戒心を抱かせない雰囲気で客や女の子には評判がよかった。入店時期がほぼ同じということもあり、日頃から仲良くしている。

「えー?　べっつにー?」

東屋とのめくるめく一夜を反芻《はんすう》していて、ついにやけてしまっていた。

「キモ」

「るせ」

短くやりとりして、向こうにいきかけていた鯨島がふと足を止めた。

「レオ、おまえ時計どーしたよ?」

「どーしたよってのは？」

「ピゲの偽物、戻したか」

一瞬、なんのことかわからなかったが、マネージャーのコレクションボックスから失敬した成金時計のことだ、とすぐ思い出した。換金しても足がつかないようにと売却ルートまで計画したのに資産価値千円というくだらないオチがついた一件だ。

「どうしたって、なんもしてねーけど？」

「戻してねえの？　なんでよ？」

鯨島がにわかに慌てだした。

「だって、クジラが偽物とすり替えたんだろ？」

「馬鹿、まんま戻したほうがいいよなって話したじゃん」

「へ？」

「へ？　じゃねーわ。早く出せよ。おまえが戻してると思って俺もなんもしてねーぞ」

「えっ、マジで？」

急いで黒服の内ポケットに手を入れて青ざめた。

「ない」

「はっ？」

なんで、ここに入れたはず——と記憶を辿ってさらに焦った。うっかり店の中で見つかったらまずいから家に帰って生ごみにでも混ぜて捨てるか、とブルゾンのポケットに入れて持って帰った。はずだ。でもない。今日もブルゾンで出勤してきたが、ポケットにはなかった。いつまであったか。昨日の夜まではあった。昨日の夜。つまり、最後にあれがポケットに入っていたのは……。

「ちょ、ちょ、ちょっと待って」

東屋とのめくるめく一夜、あのとき暑いな、とブルゾンを脱ぎ捨てた。

「やべ」

「今日、金庫開ける日じゃねえかよ」

マネージャーは盗難を恐れて安普請《やすぶしん》の家には置かず、わざわざ店の金庫にコレクションボックスをしまっている。一日の売り上げは都度夜間金庫に預けているので、事務所の金庫を開けるのは週に一回で、今日だ。

「まじい」

コレクションボックスの中まで見るかは時の運だが、「おまえらもこういうの買えるように頑張れよ」と見せびらかして自慢することこそがやつの趣味なので、その確率は低くない。

「すいません、レオさんいますかあー」

東屋の家に絶対ある、名刺もらったから電話してみて――、と必死で頭をフル回転させていると、店の外から新入りのボーイがのんびり声をかけてきた。

「お客さんっすよぉー」

「客？　は？　ひえっ」

こんなときに誰、と振り返って、怜王は文字通り、飛びあがって驚いた。

「あっ、東屋さん！」

「お忙しいところ、すみません」

そこに、東屋がいつもの清潔感溢れるスーツにビジネスコート姿で立っていた。

「昨日はいろいろ迷惑をかけて、申し訳なかった」

「えっ、いいよそんなの。っていうか、こっちこそ泊めてもらっちゃって」

きちんと頭を下げられて、怜王は慌てて首を振った。よくこの店がわかったな、と不思議だったが、そういえば店の割引券を渡したんだった、と思い出した。

「これ、忘れ物」

「あっ」

「おっ」

東屋がコートのポケットからファスナーつきのビニール袋をとりだし、怜王と鯨島は同時に飛びついた。

「あった！」

「セーフだ！」

ビニールの中ではベゼルに宝石をちりばめた成金時計が燦然《さんぜん》と輝いている。裸で落としていったことから、東屋も本物ではないと判断したらしく雑な扱いだ。

「俺、戻してくる！」

東屋の手からひったくるようにして、鯨島は時計を手に事務所のほうにダッシュしていった。

「あー、助かったぁ」

怜王ははぁ〜、と脱力して胸を撫でおろした。

「ありがとう、もうちょっとですり替え発覚するところだった、あっぶね…って、今のナシね！」

安堵のあまり、ぽろっと未遂に終わった犯罪計画を告白してしまった。目を丸くしていた東屋がすっと表情を変えた。なんだこいつ――呆れたような、軽蔑するような表情を浮かべ、「それでは」と背を向けた。

「あ、ちょっとちょっと、ちょっと待って！」

店を出ていく東屋を、怜王は思わず追いかけた。

「忘れ物届けてくれてありがとう！　えっと、昨日もありがとね。この階段汚いから足元気をつけて。ガムとか踏んじゃわないようにねー」

愛想を振りまきながら帰ろうとしている東屋の後ろをついて店から地上にあがる。十二段をあがりきったところで東屋が急に足を止めた。

「あっ、ガムふんじゃった？」

足裏の嫌な感触を思い出して、怜王は急いで近くの敷石を指さした。

「踏んだとこならすぐ剥がれるよ。あそこでこそげたら」

「いや、そうじゃなくて。タクシー代」

「え？」

「昨日のタクシー代を払ってなかった。また忘れるところだった」

「えっ、いいよ、そんな」

「よくない。ただでも送ってもらっていろいろ…、その、迷惑をかけたのに。俺は借りをつくるのが嫌いなんだ」

それもあってわざわざここまで来てくれたらしい。律儀な男だ。

「じゃあ代わりに一杯奢ってくれたら嬉しいなー、なんて」

ダメ元で頼んでみると、予想通り東屋は「は？」と眉をひそめた。

「はは、冗談だって。気が向いたら店来てよ。これ持って来てくれたら俺がいい娘つけたげるからさ」

ポケットの割引券を出しながら言うと、東屋は「いや」と断りかけ、ふとなにかを思い出したように怜王の金髪に目を留めた。

「——うる」

「ん？」

「そうか、うるだ」

突然納得したようにうなずくと、東屋がふわっと笑顔になった。

不機嫌な表情しか見せなかった男の不意打ちの笑顔に、怜王は思わず息を呑《の》んだ。

きつい目元が優しくなり、引き結ばれていた唇がほころぶ。

これは反則だ。

鼓動が速くなり、耳が熱くなって、怜王は慌てて目を逸らした。端的に言って、ときめいてしまった。

東屋のほうは怜王の動揺にはまったく気づかず、目を細めた。

「君を見ると懐かしい気がして変だと思ってた。やっとわかった。俺が昔飼ってた犬に似てるんだ」

「い、いぬ…？」

そういえば夕べもそんな名前で呼ばれ、髪をぐしゃぐしゃやられた。ペットと間違ってるんじゃないかと推測したが、やはりそうだったのか。

「ああ、悪い。犬と一緒にして」

東屋が、はっとしたように謝った。

「いや、ぜんぜん。てか、うるって変わった名前だね」

どきどきしているのを隠して、怜王は話を繋いだ。

「仔犬のときに拾って、狼みたいにカッコよくなるかなって期待してウルフにしたんだけどならなくて、ウルフじゃ名前負けするから『うる』になった」

「じゃあその残念な犬に俺は似てると」

「うるは残念な犬じゃない」

東屋がむっとした。やはり短気だ。

「目がくるっとしてて、可愛かった。耳のところが金色で、ふさふさ艶々して」

「じゃあ俺、その可愛い犬に似てるんだ?」

照れるなあ、とわざとらしい声をつくると、東屋も口の端で笑った。

「じゃあ、タクシー代の代わりに奢ろう」

「へ?」

「いつがいい」

東屋がスーツのポケットからスマホを出した。

「今週なら、君の都合に合わせられる」

「え、ええっと」

びっくりして声が裏返った。

「これ、君の携帯？」

東屋がポケットから怜王の渡したキャバクラの割引券を引っ張り出した。

「あ、いや、それは店の番号で」

怜王は急いで割引券の「ご案内：椿怜王」に添えられた電話番号の上から、胸に差していたボールペンで自分の携帯番号をメモした。

「これが俺の番号」

「ちょっと待って」

彼が手早くスマホに番号を打ち込み、トークアプリをタップした。怜王も急いでスマホを出し、彼と連絡先を共有させた。まさかこんな展開になるとは夢にも思っていなくてわくわくする。

「それじゃ、また」

スマホをポケットに入れると、東屋はさっさと大通りのほうに歩き出した。

「へへ」

顔がにやけてしかたがない。彼が人混みに紛れてしまうのを見届けると、怜王も勢いよく階段を駆け下りた。

その翌日本当に連絡が来て、週末、怜王は東屋と飲みにいくことになった。

「俺のことは怜王でいいよ。みんなそう呼んでるから」

週末の夜、広々とした店内はほとんどの席が埋まっていた。オフィスビルの地下にある上品な店だ。

客はみなスーツかジャケットスタイルで、オープンキッチンではガラスケースに入った燻製《くんせい》肉がオブジェのようにライトアップされている。ねばつく床に煙草の煙が立ち込めるような店に慣れている身には少々居心地が悪かったが、それでも清々《すがすが》しい白木の四人掛けテーブルに東屋と差し向かいで落ち着くと心が弾んだ。

「呼び捨てはちょっとな」

東屋がおしぼりで手を拭きながら渋い顔になった。

「だって東屋さん年上だし。って、そういえば、何歳？」

「二十五」

「は⁉」

びっくりして、素で声をあげてしまった。

「二十五？　俺と四つしか違わないってこと？　嘘だろ⁉」

「いくつだと思ってたんだよ」

東屋がむっとする。

「三十…にはなってないかな、と」

「まあ、昔から上に見られがちだけどな」

東屋が不本意そうにぼやいた。

外見だけでいえば落ち着いていて三十代でもおかしくはないが、彼の短気さと、さらにそれを表に出してしまうところから「もっと若いな」と推測していた。が、それでも社会人三年目だとは思っていなかった。

「君こそ二十一なのか。同じ年くらいかと思ってた」

「ノーノー、だからさ、怜王でいいよ。君っていうのもなんかこそばゆいから、おまえでいいし」

「礼儀ってものがあるだろ」

「俺がそうしてって言ってんだからさー」

そのほうが親密な感じで嬉しい。

薄いグラスに注がれた繊細な泡のビールが運ばれてきて、ひとまず「お疲れ」とグラスを合わせた。

見た目が超タイプの上、身体の相性もばっちりだと確認済の東屋と、あわよくばもう一回、できれば彼の合意のもとにやりたい――という下心はあるが、「ま、そりゃ無理だな」

とも心得ている。彼のほうは本当に記憶が飛んでいるらしいし、怜王も「あんま覚えてない」ことになっている。

そもそも、こうして一緒に飲むのもこれが最初で最後かもしれないのだ。名の通った大企業の社員とキャバクラのボーイではあまりに住む世界が違う。仕方がない。

「旨い」

東屋が予約時にあらかじめ何品か頼んでおいてくれたので、ビールのあと次々に皿が運ばれてきた。鱸《すずき》の薄造りやからっと揚がった季節の野菜、彩りの美しい和風サラダ、どれも上品で、しっかり旨い。

そして東屋は食べ方がきれいだ。人の箸使いなど気に留めたこともなかったのに、東屋の長い指が優雅に箸を操るのに見惚れてしまった。きっと育ちがいいのだろう。

「他に食べたいものあったら、なんでも好きなもの頼んでいいぞ」

「う、でも高いなー」

奢りだと思うと逆に頼みづらい。怜王はメニューをひろげて唸った。

「やっぱ割り勘にしようよ。せっかくだからこの雲丹《うに》食べたいけど、奢ってもらうの悪いし」

「雲丹な」

東屋が手をあげて店員を呼んだ。

「お礼なんだから、そんな遠慮するなよ」

「お礼ったって、タクシー代くらいでこんな奢ったら合わないじゃん」

「それだけじゃない」

「え」

東屋が気まずそうに目を逸らしたので、まさかこっちが無理やり仕掛けたことを、自分の非だと誤解してるのか？　と慌てた。

「だからあれは合意だって言ったじゃん。そもそも俺もよく覚えてないし」

小声で言うと、東屋が顔を赤らめた。

「違う。それは俺も記憶ないし、まあ事故だと思ってる。そうじゃなくて、移転の説明会に出席してもらえたのは君の助言のおかげだから」

「あ、そっち？　っていうか、それこそ俺関係ねえじゃん。東屋さんが自分で交渉したのに」

東屋がぐらぐらになるまで酔っ払っていたのは、他にも同じような店が二件あって、全部を回っていたからだ。

「君に水商売の人間見下してるだろって言われて、…無意識に、そういうところがあったかもしれないと思った」

「へ」

「言ってもらって、よかった」

「はあ」

思いがけないことを言われて、驚いた。

東屋は新卒入社で法務部に配属されたが、この春異動になったらしい。慣れない営業で苦戦していたのだろうということは怜王にもわかった。

「営業って大変そうだよね。俺はちゃんと就職したことないからあれだけど」

「そうなのか」

「そもそも俺、高校も一週間くらいしかいってないからさ」

東屋が驚いたようにちょっと眉をあげたが、怜王の仲間はみんなそんなものだ。

「でもキャッチは得意よ。このチケット出したら俺が接客つくから、よかったら来てねー」

ふざけていつものトークをしながら、怜王は性懲《しょうこ》りもなく店のサービス券を東屋に渡した。

「それにしても派手な名前だな。椿怜王って」

東屋がチケットに印刷された名前をつくづくと眺めた。今どきは「怜王」程度の名前は珍しくもないが、「椿」という苗字とセットになると芸名度がぐっとあがる。

「ホストの源氏名みたいだってよく言われるけど、本当にホストの名前なんだよね」

「ん？」

椿怜王は本名だ、と教えていたので、東屋が不審げに顔をあげた。

「俺の母さんホス狂いでさ、怜王っていうのはその当時エースやってたホストの名前なんだって」

「エース？」

「一番金使う太客のこと、エースっていうんだよ。一晩で百万とか使って、怜王にラスソン歌わせるのが生きがいだったらしいよ」

「じゃあ父親の源氏名をもらったってことか？」

「いやいや、かーさんも誰の子どもだかわかんないらしいんだよ。堕ろしそびれて産んだけど、産んでみたらけっこう可愛かったんだよねーとかって」

堕ろす気だったのかよ、つかそれ本人に言うか？　ときいたときはさすがに傷ついたが、大人になってみるとまあ人生そんなもんだよな、と理解できる。

肝心のホスト怜王は、若干二十五歳で飛び降りで亡くなったらしい。

「安物の合成ドラッグがキマったんじゃないかって。あ、俺はクスリはやってないよ。蕁《じん》麻《ま》疹《しん》出るんだよね」

どう反応していいのかわからないらしく、東屋は微妙な面持ちで怜王の話をきいている。

「そのあとも何人か担当――って推しのホストのことなんだけど、つくったらしいんだけど、結局怜王が一番だったたって言ってたらしいよ」

らしい、ばかりなのは出稼ぎ風俗にいった先で男ができ、今ではまったくの音信不通になっているからだ。惚れっぽいのは血筋だね、というのが祖母の言《げん》で、自分のイケメン好きも遺伝だな、と怜王は変に納得している。

「なかなかすごいお母さんだな」

東屋が唸るように言った。

「そうかな？　俺の周りだとこんくらいふつーだよ。俺はばーちゃんいたし、ばーちゃんに育ててもらって、おおむね平和だった」

自分が一般的ではない環境で育ったのだと理解したのは、義務教育を終えたあとくらいだ。それも育ったエリアが特殊なのだと理解しただけで特にどうという感想もなく、なんとなく楽しいことに流されてきた。それでたいして不満も不足もないから、たぶんずっとこの先もこんな感じなんだろうな、と思う。

「そーいや俺、またばーちゃんとこにやっかいにならなきゃなんだよなあ」

そういえば、と思い出して怜王はため息をついた。

「スナックの二階、いろいろ不便だから嫌なんだけど」

「なんかあったのか？」

冷酒に切り替えて、東屋が気をとり直したように切子のグラスに口をつけた。

「東屋さんのビルと同じで、オーナー変更につきアパート建て替えだって。昨日郵便受けに手紙入ってて、でもひどくない？　いきなり年内ってさあ」

封筒には引っ越し先として物件の案内も入っていた。敷金礼金は「突然このようなことになり」で不動産会社が持ってくれるようだが、あまりに急すぎるし案内物件も明らかにグレードが落ちている。

「とり壊し物件だってわかってて入居したってことか？」

東屋が訊ねた。

「退去期限が決まってる代わりに家賃が格安ってやつだろ？」

「そうなの？」

「そうなの？　って俺に訊くなよ」

呆れられたが、怜王は首をひねった。

「入居したときそんなこときいたっけ。記憶にないんだけど。それに急な話だから引っ越し先をご案内しますって書いてたよ」

ちょうど郵便受けから出したままブルゾンのポケットに突っ込んでいたので、通告の封書を持っていた。これ、と差し出すと、東屋がどれどれと受けとって中を開いた。

「でもなー引っ越し代出すったって絶対アシ出るだろうしさあ」

「――なんだこれ」

「ん？」

やっぱしばらく泊めてくれそうな昔の男か友達あたってみるか、でも荷物あるしそれもなあ、などとため息をつきながら硝子《がらす》の器に盛られた雲丹をつまんでいると、東屋が書面から顔をあげた。

「こんなデタラメありえない」

「へ？」

東屋は険悪な顔でテーブルに書面を投げ出した。

「正当事由もないのに退去勧告なんて出せるわけがない。借地借家法知らないのか？」

「しゃく…？」

「こんなの無効に決まってる」

東屋が憤慨するようにテーブルの書面を指で弾いた。

「一方的に通告してきて、立ち退きに応じない場合は強制退去とかふざけんな」

「で、でもとり壊しはもう決まってるみたいだし…」

「だからこそ有利に交渉できるんだろうが。なんだこの不動産屋。舐めやがって」

東屋は完全に腹を立てていた。

「裁判所から判決でも出てない限り、強制退去なんかさせられるわけがない。それとも家賃滞納かなんかで訴えられたのか?」

痛いところを突かれて、怜王はぎくりとした。

「じ、実は何回か家賃払えって来てて…延滞、したかも」

「どんだけ滞納したんだ」

東屋が眉を吊りあげた。

「いやでも払ったよ! 遅れたけど、ちゃんと振り込んだ」

「本当だな?」

引き落とし口座の残高不足が何回かあったが、督促には即応じている。祖母がツケ払いの客に苦労しているのを見ていたので、そのへんはちゃんとしているつもりだ。

「わかった」

怜王の説明をきくと、東屋はしばらくなにごとか考えてから、通告書をつまみあげた。

「これ、俺が代わりに交渉してやる」

3

年があけてあっという間に十日が過ぎ、年末年始の慌ただしい空気も落ち着いた。

「今年はあんまり寒くないねー」

サッシを開けると思いがけず柔らかい風が入ってきて、怜王はベランダに出てみた。

「うわー、日当たりいいなあ」

一階だが、向かいはアパートの駐輪場で、近くには高い建物がないので日差しがたっぷり入る。

「荷物はこれだけか?」

開けっ放しにしていた玄関から東屋の声がした。

「うん」

店のライトバンを借りられたので、それであらかた荷物は運べた。ちなみに怜王は運転免許を持っていない。乗り掛かった舟だ、で運転も東屋がしてくれた。

「手伝ってくれてありがとね」

一方的な退去勧告騒動からひと月経ち、紆余曲折ののち、怜王は東屋の隣の部屋に引っ越すことになった。驚くべき新展開に「これ本当のこと?」とまだどこかで半信半疑だが、事実だ。

紆余曲折、といってもろくな代替物件を用意できない不動産屋に業を煮やした東屋が「俺が住んでるコーポでよければ空いてるぞ」と言ってくれ、「代替を用意できないぶん立ち退き料上乗せしろ」と交渉してくれたというだけの経緯だ。

「ここって東屋さんちの持ち物件だったんだね」

「おい、他の入居者にきこえるだろ」

東屋にたしなめられて、怜王は急いでベランダから中に入った。

「隠してるの？　なんで？」

「別に隠してるわけじゃない。俺の実家の持ち物件ってだけで、俺は直接関係ないし」

東屋は関東近郊の出身で、実家は不動産業を営んでいるらしい。都内にもいくつか物件を所有していて、このコーポもその一つだった。大学進学でここに越して、場所がいいのと家賃が不要なのとでそのままずっと住んでいるのだという。育ちがいいんじゃないかという怜王の推測は当たっていたようだ。

「けど、東屋さんが口きいてくれたから、家賃安くなったんだろ？」

「だから、そういうのが他の人の耳に入ると面倒だろ」

「あ、そうか」

今まで住んでいたアパートと同じ家賃にしてもらった上、場所も設備も各段によくなり、怜王にとってはいうことなしだ。

「ほんと、いろいろありがとう」

ふざけんな、と激怒した東屋がアパートの退去交渉に同行してくれなかったら、今ごろろくな補償もなく祖母のスナックの二階に転がり込むしかなかったところだ。

怜王はまったく知らなかったが、他にも不動産会社はいろいろズルをしていたらしい。

東屋に詰められた上、彼が同業だとわかった途端に担当者は横柄《おうへい》だった態度を改め、補償金もあっという間に口座に振り込まれた。

「これで貸し借りナシだな」

東屋がダンボールを端に並べながら満足げに言った。

「そんなの最初から貸しなんかないし。むしろ俺のほうが圧倒的に借りが大きくなっちゃってるよ」

今ではすっかり気安い口をきけるようになっていて、東屋のほうでも「怜王」「おまえ」と気軽に口にする。

「俺はキャバクラの割引券くらいしかあげられるものないけどね。いる?」

「いらねえよ」

「だよね」

水商売そのものには特に思うところはなさそうだが、東屋が自分からいくことはまずないだろう。この外見なら女に不自由することはないだろうし――、と思っていたが、東屋曰く「俺は性格に難があるからさっぱりモテねえ」ということで、そんなことを特に残念そうでもなく言う東屋が、怜王はなんだか面白かった。

「わかってるだろうけど、家賃滞納したり他の入居者の迷惑になったりするなよ?」

「わかってますって」

「本当かよ」

怜王が調子よく返事をすると、疑わしそうに眉を寄せる。

「まあいいや。腹減っただろ？　近くに蕎麦《そば》屋があるから食いにいこう」

「あ、引っ越し蕎麦？　いくいく！」

あわよくば、という下心がまったくないといえば嘘になるが、それより夜職の人間とばかりつるんできたので、東屋のような普通の会社員が対等につき合ってくれている事実が怜王にはなんだか新鮮で、心が弾んだ。

新しい環境に、新しい隣人。

自分では気づいていなかったが、ずっとだらだら生きてきて、これでいいやと思っていたはずなのに、どこかで飽きが来ていたらしい。

玄関を出ると、よく晴れた空にすっと細い飛行機雲が木々の間を流れていた。空気は冷たいが清々しくて、怜王は大きく息をした。

そんなふうにスタートした新生活だったが、引っ越しをしてすぐは「失敗したかも」と怜王は少々後悔をした。

「怜王、おまえまた分別しないでゴミ出ししただろ」

「へえ?」

「へえ?　じゃない。これおまえが出したんだろ。酒瓶混じってるぞ」

「えぇぇ…そんな細かい……」

「細かくねえよ!」

昨日は店のあと明け方まで友達と飲んで始発で帰って来たところだ。ほとんど寝入りばなに起こされて、よろよろ玄関に出ていったところを詰められた。東屋はきりっとしたスーツ姿で、出勤前にゴミを出そうとして引き返して来たらしい。

「しゅみません…はい…」

分別して出し直しとけよ、と憤然として出ていった東屋につい「めんどくせー」と呟いたら「なんだと!?」とまた引き返して来て怒られた。

「ごめんなさい!　反省してます!」

夜中に音楽かけて歌うの禁止。

友達呼んで騒ぐのももちろん禁止。

ゴミは分別せよ。決まった日時に出せ。共用部分に私物を出すな。

一度鯨島たちが「引っ越ししたんか」と遊びに来たが、わあわあ盛りあがったところで隣の部屋からバンと一発抗議が入った。うるさくしたら追い出されるから、と慌てて外に飲みに出た。それからは友達を呼ぶのは自重することにした。仕方がない。

前のアパートは民度が低くて、今思えば気楽だった。たまにどこかの部屋で叫び声と怒声があがり、そのあと警察が来たりしていたが、気にしなければ気にならない。

「気にしろよ、それは」

薬物取引と殺人未遂があってさあ、と東屋に思い出話をしたら軽く引かれた。

それでも人というのは慣れの生き物で、引っ越しをして三ヵ月も過ぎると窮屈だと思っていた新生活にも馴染んできた。

「はあー、食った」

「糸コン残ってるぞ、食え」

「それ東屋さんが勝手に入れたんじゃん。俺苦手って言ってんのに」

今ではこうして東屋と夕食をとることも増えて、怜王はおおむね満足していた。

今日は怜王が客の出張土産の飛騨牛を貰ったので、東屋に声をかけてすき焼きをした。

「いい肉貰ったからすき焼きしない？　明日店休み」とメッセージを送っておくと、東屋が会社帰りにスーパーで野菜類を買ってきてくれる。一緒に夕食をとるのはだいたいこの流れだ。

怜王は調理器具を持っていないし、部屋も汚いので、食事をするのはいつも東屋の部屋だった。

「それにしてもキャバクラの客って肉まで配るのか」

「女の子がおねだりしたんだよ。おっさんが出張先の接待で飛騨牛食ってくるわって自慢して、いいないいな、あたしも飛騨牛食べてみたぁ～いって店外デートでお手当ほしかったのに、マジで肉持ってくるとかないわぁってみんなにくれた」

「はあ」

そんな理由の蟹や牡蠣《かき》などの山分けはしょっちゅうだったが、今までは料理しないから、でスルーしていた。このところは張り切ってジャンケン大会に参加するので「料理してくれる彼氏ができたか？」と冷やかされている。

東屋は彼氏ではないが、高級食材を持ち帰ると「でかした」と調理してくれる。

「おい、残すな。もったいないって言葉は知ってるな？」

ただし怜王の好き嫌いには一切配慮はない。

「ちゃんと食え」

「糸こんにゃくとか存在意義がわかんないよー。味ないし、食感もキモいし」

文句を言いつつ、残っていた糸こんにゃくを箸でつまんだ。東屋がじろっと見やる。

「食べ物粗末に扱うんじゃねえよ」

「はぁあい」

「箸の持ち方も、それ変だぞ」

「あ、本当だ」

東屋のきれいな箸使いに気づくまで、怜王はそもそも「箸をちゃんと持つ」という概念さえなかった。箸使いにお作法がある、というのは頭では知っていたが、マナーとか礼儀とか常識とか、そんなものは自分たちには関係のない世界の法則だとしか思っていなかった。でも東屋の箸使いを見ているうちに、「俺もあんなふうに使えるようになりたい！」と思うようになった。

どうやるの、と教えてもらってちゃんとした持ち方ができるようになると、つまみにくかった食材も普通にとれて、それもちょっとした驚きだった。東屋のほうは「別に、多少変でもいいだろ」という考えのようだったが、怜王が喜んでいるのを見て、元の持ち方になっていると注意してくれるようになった。

「あ、俺がやるよ」

食べたあとすぐ片づけるのも、東屋と食事をしたとき限定ながら、身についた。

「珍しいな」

「作ってもらったんだからさ、片づけはしないと借りになる」

借りっぱなしは性に合わない、という東屋のポリシーに倣《なら》って言うと、東屋が笑った。

そして東屋が笑うたびに怜王はひそかにときめいていた。

「じゃあ俺はコーヒー淹《い》れるか」

「淹れて淹れて」

単身向けの物件だが、台所の設備は充実していてシンクも広く、二人で並んで作業してもそう狭くない。なんか同棲してるっぽい、と怜王はひとりでにこにこした。

日常的に接してみても、東屋はやはり怜王の好みど真ん中のままだった。文句を言うときの不機嫌な顔、料理しているときのリラックスしている様子、食べていても飲んでいてもとにかくカッコいい。

あー、こんないい男とえっちしたんだよなー、とちらっと湯を沸かしている横顔を盗み見る。

あれはまじで最高だった。

めちゃくちゃよかった。

うむー、と顎をあげて瞑目《めいもく》してしまう。

東屋と知り合ってから、怜王のそっち方面はすっかり彼一色になっていた。

お気に入りだったマッチングアプリにもずっとログインしていないし、ゲイ仲間ともすっかり疎遠になっている。ひたすらあの夜のことを反芻してはひとりで欲求を処理していた。

肝心の東屋のほうは完全に忘れているし、怜王も「覚えていない」ことになっているが、ここ最近のひとりえっちのネタはあのセックスだ。妄想の中で東屋は意地悪な彼氏設定で「ほらもっと腰使えよ」と上であんあん喘ぐ怜王を眺めながら悠然と言葉責めする。たまらない。

「おい、いつまで洗ってんだ」

「あ」

いつの間にかぽわんと妄想していて、延々水を流し続けていた。

「ごめん、ちょっとぼーっとしてた」

怜王は慌てて妄想を頭から追い出した。

彼をネタにしていることに関しては、申し訳ない気持ちもある。しかし、人間はそう清く正しくできてはいない。もう二度と不埒《ふらち》な真似はしないから、妄想くらいは許してほしい。

「じゃあ、この前の続き見るか?」

東屋がきゅっと蛇口を閉めてテレビの方を見やった。

「見る見る!」

「七話からだよな」

「うんうん」

一緒に食事をすることが増え、そのあとも東屋の淹れたコーヒーを飲みながらしばらくだらっと過ごすのが定番になった。少し前、たまたま怜王が「東屋さんちのテレビ、ネット配信映るんだ、いいなあ」とつけてみたのがそのドラマだった。東屋もまったくドラマの類《たぐい》は見ないらしいが、近未来にタイムスリップした高校生が騒乱に巻き込まれていくのに二人して見入ってしまい、「次どうなんの」「次、次」と完全にハマった。

東屋のところで配信ドラマを見るようになるまで、怜王はフィクションにあまり興味がなかった。鯨島が漫画好きなので、たまにオススメされた漫画を読むがそれくらいで、ドラマもアニメも自分からは見ない。家ではだらだらスマホで動画を見たりゲームをしたりで、テレビはバラエティをＢＧＭ代わりにつけるくらいだった。

食べながらだと箸が止まるので、完全に視聴環境を整えてから見る、というのが東屋の方針で、見せていただく立場の怜王も当然それに従っている。

「それじゃ」

「はいっ」

東屋がリモコンのスタートボタンを押し、怜王はコーヒーカップを両手で抱えた。たいてい東屋はソファの上であぐらをかき、怜王はソファに寄り掛かる。

二人で見ているドラマは、六話で急展開を迎えた。たまたま同じ路線バスに乗り合わせていた十二人のうち、すでに二人が死んでいる。主人公の高校生カナタは、親友のミチル、ハヤトとともにこの世界のバトルに挑み、七話でとうとう他の乗客とともにバスから離れる決断をした。

バスに戻れなくなったら、もとの世界にも戻れなくなるかもしれない。怜王ははらはらと息を呑んだ。

「うわわわぁっ」

カナタが瓦礫《がれき》に足を滑らせた。地中から黒い手が伸び、怜王は悲鳴をあげた。東屋も画面を凝視している。

「やべえな」

「ひょえええー」

ミチルがカナタにタックルし、すんでのところで助かったが、黒い手が次々と地中から湧き出る。

「まじか」

「こわこわこわこわ」

アクションに継ぐアクションに、怜王がわあわあ騒ぎ、東屋が唸っているうちに一話分の枠が終わった。

「ひー…こわかった…」

「なんだったんだあの黒い手」

東屋がすっかり冷めたコーヒーを飲んだ。

「魔物かなんかじゃない？」

「ファンタジー要素いきなりぶっ込んできやがるな。いや面白かったけど」

「ハヤト大丈夫かなあ」

「死ぬかもな」

「ちょっと！　なんてこと言うんだよ！」

怜王が憤慨すると、「この手の話のセオリーだろ」と冷静に分析しつつ、東屋も唸っている。

そのあとさらに続けて二話視聴して、面白さに打ちのめされて無言でうなずきあった。

「面白いけど、面白すぎて疲れるな、これは」

東屋の感想に完全同意で、怜王もはあ～と息をつきつつうなずいた。

「続きはまたな」

「はい、お邪魔しましたぁ……」

いつも日付が変わるあたりでお開きになる。怜王にとっては宵の口だが、会社員には解散で当然の時間だ。

「あれ？　スマホ」

帰り支度をしていてきょろきょろしたら、「テーブルの下だろ。さっき置いてた」と東屋が無造作に教えてくれた。

「ホントだ、あった」

東屋は怜王の忘れ物をよく見つけてくれる。マネージャーからくすねた偽物時計をわざわざ持って来てくれたときもそうだが、そうやってフォローしてもらうたびに怜王はなんだかそわそわした。

「おまえ、次はいつ休み？」

東屋がリモコンを操作しながら訊いた。

「ちょっと待って。シフト見る」

一緒に見始めたから、と東屋は先に一人で見たりせず、怜王の予定に合わせてくれる。そういうところも案外優しい。

「ん」

「どした」

シフト確認のためにスマホを見ると、鯨島からメッセージが転送されていた。今日は怜王が休みなので、マネージャーからのトークを回してくれたようだ。

「あー…いや、ちょっと前にお客さんの上着預かって、ポケットに入れてたカードがなくなった、ってのがあったんだよ。俺たち全員身体検査されて、なかったから他で失くしたんだろってことで一応落ち着いたんだけど、そのお客さんがやっぱウチしかないって、警察に届けるっぽい…」

マネがピリついてるから明日気をつけろよ、と鯨島はうんざり顔の漫画キャラのスタンプで報告している。

「警察?」

東屋が驚いたように目を見開いたが、ままあることだ。

「ポケットに貴重品入れっぱでボーイに預けるとか、そっちのがどうなんって思うけどね」

もし札束だったら怜王とて一枚くらい抜いてしまうと思う。

「カードって、なんのカードだ?」

「知らないけど、どっかのやばいカードなんじゃないの? それ自体マーケット売買されちゃうようなやつ」

「まさかおまえ」

「やってねーよ!」

東屋が目を眇めたので、怜王は「現金なら一枚くらい抜いちゃうかも」などと思ったことは棚にあげて憤慨した。マネージャーの時計の一件があるので疑われても仕方がないが、いくら換金できるといってもそもそもそんなやばい橋は渡らない。

「バリ反社じゃあるまいし、成金時計ならともかく、しがない水商売の従業員がそんなの盗ったところで換金できるアテがねーし」

「アテがあったら盗るのかよ」

東屋に突っ込まれて「しないってば」と口を尖らせつつ、怜王は「アテがあってもやんないな」と考えた。

　さっきはとっさに「現金だったら」と悪い気を起こす自分を想像したが、もし本当に札束が突っ込んであっても、今なら手は出さない気がする。

　東屋さんに軽蔑されるようなことはしたくないもんな…、とそこまで考えて、怜王は自分のことなのに、へえ、とびっくりした。

　なんだか俺、ずいぶんしおらしいな？

「けど警察って、なにか証拠でもあるのか？」

「さあ、わかんない。友達がマネがぴりついてて八つ当たりしてくるかもだからって、心の準備的に教えてくれただけ」

「万が一でも都合よく犯人に仕立てあげられたりするなよ？」

　東屋が、今度は心配そうに眉を寄せた。

「なにそれ」

　変な冗談、と半笑いになったが、東屋は笑わなかった。

「不動産屋にも丸め込まれそうになってたじゃねえか。いいか、もしなんか言いがかりつけられたら、すぐ俺に言えよ？」

「え？」

「え？　じゃない。おまえ案外人がいいから、つけ込まれないとも限らないだろ。万が一濡《ぬ》れ衣《ぎぬ》着せられそうにでもなったらすぐに言え。これでも俺は一応法学出てるからな」

「えー、そんな、おおげさな」

口の端を持ちあげて笑ったが、東屋の心配そうな顔に、怜王はなんだかどぎまぎした。

東屋は理不尽なことが嫌いなだけだ。

それとお隣のよしみ。「案外人がいい」のは東屋のほうだ。そんなことはわかっている。

でも内心「いいな」と憧れている男にこんなことを言われてぐっとこない人間がいるだろうか。

「ちょっと待ってやばい。惚れそう」

怜王は胸に手を当てて深呼吸した。

「はあ?」

東屋はなにを言ってるんだ、という顔で怜王の発言をスルーした。

「いやマジで」

「で、シフトは?」

「あっ、そうだった」

お腹の奥がまだほかほかしていて、怜王はシフトを確かめながらふと「昼職を探そうか」と考えた。

昼職になれば、東屋と生活リズムが同じになる。もっと一緒にいられる時間が増える。

もっと一緒にいたい。

ああこれ、本当にやばいのでは。

スマホを持っている手に、無意識に力がこもった。

一目見たときからかっこいいな、と東屋に惹かれた。

怒られたり注意されたり、うるさいなと思うこともしょっちゅうなのに、叱られるのがなぜだか嬉しい。会うたびにちょっとずつ気持ちが深まっているのを感じていた。

「えっと、次の休みは木曜だね」

「木曜な。よし、じゃあ木曜は早めに帰る」

「…あのさ」

　怜王はふと、スマホから目をあげた。

「うん？」

「東屋さん、俺がやってない、って信じてくれたんだよね？」

　東屋が濡れ衣の心配をしたのは、前提としてやっていない、と信じてくれたからに他ならない。今気がついた。

「は？　やったのか？」

　いきなり東屋が声を尖らせた。

「やってないよ！」

「じゃあやってないんだろ」

東屋はつまらなさそうに怜王を見やった。

「いろいろやらかしそうだなとは思ってるけど、俺には嘘をつかないだろ。それは信用してる」

「ふ、ふーん」

なんの気負いもない返答に、怜王は今度こそ胸を鷲掴みにされてしまった。

喉の奥がきゅっと詰まる。

「どうした？」

東屋が不審げに怜王の顔を覗き込んだ。

「顔赤いぞ」

「なんでもない…」

信用してくれていた。

自分には嘘をつかないと、そう言ってくれた。

じわじわ耳まで熱くなり、スマホを持った手が震えてしまって、怜王は我慢できずに顔をあげた。

今自分がどんな顔をしているのかはわからないが、目が合って東屋が「ん？」というように瞬きをした。

「東屋さん」

怜王は溢れる気持ちのまま「好き」と口にした。東屋が不審げに眉を寄せる。

「なに？」

「だから、好き」

カッコいい、タイプだ、あわよくばもう一回——ばらばらの感情のかけらが、今一気にくっついて、くっきりとした形になった。

「はあ？」

ちょっとずつ深みにはまっていって、今、口に出したことで最後の一歩を踏み外した。恋に沈んだ。

東屋が大きく目を瞠《みは》った。

好きだ。

この人が、好きだ。

「ごめん、気にしないで。言いたいだけだから！」

怜王は片手で火照《ほて》った頬を押さえ、反対側の手で東屋を押しとどめるようにした。そこでやっと「好き」の意味を正確に悟ったらしく、東屋が絶句した。

「ほら俺、ゲイだろ。で、東屋さんかっこいいし、前からいいなと思ってたけど、本気で好きになっちゃった。あーでも、ほんと、気にしないで」

「気にしないで、って…」

東屋が当惑している。

「本当に！」

どうせ答えは「無理」一択だ。そんなことはわかっている。でも好きだ。

燦然と輝く「好き」に、怜王は東屋のほうに向けていた手をぎゅっと拳にした。

「やばい。すごい好き。かっこいいなーって思ってたけど、マジ惚れしちゃった。なんだこれ…」

話しているそばから頬がかっと熱くなり、怜王は両手で頬を押さえた。乙女な仕草に東屋があっけにとられている。怜王は口を尖らせた。

「別に俺が好きになったっていいだろ？　東屋さんそんなカッコいいんだし、惚れられるのには慣れてるでしょ。別になんかしてって頼んでるわけじゃなし、好きになるくらいいいじゃんか」

「なんだその理屈」

東屋が呆れた顔になった。

「迷惑？」

上目使いで尋ねると、東屋はむ、と返事に詰まった。

「別に…迷惑ってことは」

「気持ち悪いからもう顔も見たくない？　一緒にメシ食ったりとかもう無理？」

「誰もそんなこと言ってない」

「じゃあいいじゃん」

怜王が図々しく結論づけると、東屋は少し考えてから「まあな」と答えた。

「よかったぁ」

怜王は晴れ晴れとした笑顔を向けた。

「じゃあ、遅くなったら悪いから帰る。また木曜ね」

「ああ、木曜な」

戸惑いながらも、東屋は次の約束をしてくれた。

「本当に、嫌じゃないよね？」

玄関で靴を履きながらしつこく確認すると、東屋はうなずいた。

「でも、――いいのか？」

嫌ではないが、それ以上でも以下でもない。それでいいのか、という意味だ。怜王もうなずいた。

好きになったのは自分の都合だし、無理なのは最初から承知だ。その上で今まで通りのつき合いもしたい。

東屋は驚きはしたものの、拒否はしなかった。それで十分だ。

「じゃあ」

「ああ」

名残惜しい気持ちを抑えて隣の自分の部屋に帰り、怜王は大きく息をついた。

「はあぁぁー」

玄関ドアにもたれ、怜王は両手で顔を覆った。

「あー…だめだ」

あんな勢いまかせの告白を、東屋は驚きつつも普通に受け止めてくれた。

やっぱり好きだ。すごく好きだ。

自覚してしまうと、恋心というのはどんどん育っていくものらしい。

今までつき合った歴代彼氏のことも、まあまあみんな好きだった。でもこんな気持ちになったことはない。彼を好きになったことで、自分自身のことも好きになれるような――不思議な感覚だ。

つき合えなくてもいい。ただの友達でも、お隣さんでも、側にいられたら幸せだ。

「…そりゃまあ、できることならえっちするような仲になりたいけどさ」

しおらしいことを考えてから、つい本音をつぶやいた。

考えてみれば東屋と一回だけ関係を持ってから、他の男にはなんの興味もなくなっていた。それはつまり、とっくに本気で好きになっていたということだ。

「うかつだった…！」

くぅ、と天を仰いで唸ったが、早く自覚したとしても今となにが変わるでもない。

それよりも、と怜王はそっと胸のあたりに手をやった。心臓がことこと動いている。

片想いでも、なんだか身体が潤っていくようだ。

孵《かえ》ったばかりの雛を撫でるように手のひらで胸を押さえ、怜王はしばらく初めての感情を味わっていた。

4

結局、カードの盗難は客の勘違いで解決した。

別の財布に入っていたとかで、お詫びに大判振る舞いしてもらい、女の子もマネージャーも大喜びだった。

なんだそれ、というオチだが、怜王ははっきり自覚した恋のために、昼職に移る決心をした。

「カフェのオープニングスタッフ？」

「うん」

約束していた木曜日、怜王はいつものように昼過ぎにもそもそ起きて駅前に出かけた。

そしてそこでスタッフ急募の張り紙を見つけた。

「駅ビルの一階のファミレス、閉店したじゃん。あそこ自然派カフェになるんだって。そこのオープニングスタッフ」

夜になって東屋が会社から帰って来た物音をききつけ、怜王はいつものようにチャイムを鳴らした。

ドアが開くときは少し緊張した。

東屋のほうも珍しく一瞬ためらうような表情を浮かべた。が、目が合ってすぐ変な緊張は溶けてしまった。

「おかえり」

「おう」

スーツのままの東屋に言うと、東屋もほっとしたようにドアを大きく開けてくれた。

勢いでした告白を、なかったことにはしたくない。が、今までの関係を壊したいわけではもっとなかった。

その微妙な怜王の気持ちを、東屋も感じとってくれたようだ。もっと言えば、彼のほうでも疎遠になるのは残念だと思ってくれているのだろう。それだけで今の怜王には充分だった。

最近の休日のルーチンで一緒にテイクアウトを食べて、きちんと清算して、いつもは

「さて」と配信ドラマの視聴にかかるところだったが、怜王は食べながら「相談あるんだ」と切り出していた。

「俺、ちゃんとした履歴書って書いたことがないんだよね」

水商売はぜんぶ紹介で、今のキャバクラは前の店からの引き抜きだった。

キッチンテーブルに並んで座って、怜王は「書き方教えてよ」とコンビニで買ってきた履歴書を広げた。

「履歴書なんか、記入例の通りに書けばいいだけだろ」

「お願い！」

東屋は怜王の頼みごとに弱い。今回も怜王が両手を合わせると、口では文句を言いつつ、やはり「自分でやれよ」と突き放したりはしなかった。

今年は空梅雨《からつゆ》で、ほとんど雨も降らないうちに七月に入っていた。湿気が少ないせいか夜はエアコンをつけるほどでもなく、開けっ放しにしているベランダから風も入ってくる。東屋はこのところTシャツと薄いジャージを部屋着にしていて、今の怜王にはなかなかの目の毒だった。

「一週間しかいってなくても高校中退って書いてもいいのかな？」

四人掛けの大きめのテーブルで、いつもは差し向かいで食べているが、並んで座るのは初めてで、怜王はそれにもひそかにときめいた。

「入学して一週間でも、卒業まであと一週間でも、中退は中退だろ」

「賞罰って、補導されたとかも書かないとかな…？」

横目で反応を窺いながら訊くと、案の定、「は？」と呆れたように目を眇めていた。

「なにやらかしたんだ」

「えっと、無免許で…バイクを…あといろいろちょっとした悪さを…」

中学時代は周囲の環境もあってかなり荒れていた。

「反省してます」

「まあ、そのあたりはばっくれて大丈夫だろ。就職しようっていうんじゃねえんだから」

東屋に指導してもらいつつ空欄を埋めていく。

「しかしこうしてみると、ほんと俺ってしょーもねーなあ」

出来あがった履歴書にボールペンを放り出し、怜王はため息をついた。

かろうじて原チャリの免許を持っているくらいで、我ながら残念な経歴だ。中学時代からだらだらやばい先輩の使い走りや小遣い稼ぎのようなことをやってきて、十八からは水商売をメインに、そのときそのときの思いつきや楽に流されてきた。

「クジラはちゃんと高校卒業してて、偉いよなー」

「なんだ、クジラって」

「キャバクラの友達。鯨島。一回遊びに来て東屋さんにうるせーって壁叩かれてびびって帰った」

　怜王ははーとため息をついた。

「クジラ、名前書きゃ誰でも入れるガッコに遊びに通ってたようなもんだって言ってたけど、そんでも偉いよ。俺なんか一週間ってのも嘘だもん。ほんとは入学式からばっくれたもん…」

　変なところで突然正直者になった怜王に、東屋がくすっと笑った。

「でもマジで、この履歴書で雇ってもらえる気がしないわ。でもまーとりあえずチャレンジしてみないと」

「なんで急にカフェに応募しようとか思いついたんだよ？」

　東屋が履歴書を眺めながら訊いた。カードの一件については決着がついたと話したが、またなにかトラブルでもあったのかと心配してくれているようだ。

「別に理由はないけどさ、なんとなく夜職も飽きてきたから、普通のバイトしてみようかなって」

　東屋さんと同じ生活時間帯に移りたいから、と白状したらさすがに重いだろう。怜王は引かれないように誤魔化した。

「カフェなら髪は黒に戻したほうがいいぞ」

　東屋が怜王のハーフアップの金髪に目をやった。

「あ、そっか」

しばらく放置していたので、黒い部分が伸びてきていて、そろそろなんとかしなくちゃな、と思ってはいた。

「でも、せっかく東屋さんの飼い犬に似てたのに、髪、黒くしたらさみしくない？」

可愛くてしかたがない、というように髪を撫でてもらったのが、怜王自身も忘れられないでいる。

「なんでだよ」

東屋がおかしそうに笑った。

「それより、履歴書は自分で持っていって、できれば一番発言権もってそうなやつに渡せよ。接客向きですって履歴書で落とされる前にアピールしとくんだ」

「なるほど…！」

じゃあまずは髪だな、といきつけのヘアサロンの予約を入れようとしていると、東屋のスマホがぶるっと震えた。通話のようだ。

「おう」

東屋がスマホを耳に当てながら立ちあがってベランダのほうにいった。仕事の電話はたまにあるが、気安い口調に、誰からだろう、と怜王は耳をそばだてた。

「いや、もう家帰ってる。うん。…ふーん、じゃあ今から来るか？　ソファでいいなら泊まってけよ。いいよ、ああ」

ずいぶん気安い相手のようだ。たまに同僚と飲みにいったりはしているようだが、怜王の知っている範囲では、家に人を呼ぶのはこれが初めてだ。

「誰か来るの？」

少しやりとりをしてから通話を切り、東屋がベランダから戻って来た。

「地元の友達。っていうか、小学校からの幼馴染みだ。出張でこっち来てたらしい」

「あ、じゃあ俺帰るよ」

東屋に自分より親しい相手がいても当たり前なのに、怜王はなんだかがっかりした。

「いや、やつもロードスリップ見に来るからいろよ」

そそくさと腰をあげかけた怜王を、東屋は無造作に引き留めた。

ロードスリップは二人でハマっている近未来ＳＦドラマだ。すでにシーズン１は視聴し終わり、シーズン２に備えておさらいすべきと意見一致して、今日から視聴し直す予定だった。それを東屋の友達も見に来るということのようだ。

「明日は俺、現場に直行だから朝ちょっとゆっくりだしな。やつも今日帰るはずだったのが新幹線乗り損ねたらしい」

東屋の知り合いに会うのは初めてで、怜王は内心テンションがあがった。

出張のあとこうして泊りに来るのは今までにもあったようで、しばらくしてタクシーがコーポの敷地に入る音がした。

「こんばんはー」

「あっ、こんばんは」

明るい声がして、迎えに出た東屋より先に男がひょこっと入って来た。怜王は急いで座っていたダイニングチェアから立ちあがって挨拶した。

靴を脱いでいる男はやや小柄だがしっかりした身体つきで、ノータイのスーツに、ビジネスユースのボストンを提げている。東屋がきついイケメンなのに対し、彼はふんわりとした印象だ。

「鳩村《はとむら》です。今日は急にすみません」

「いえっ、こちらこそ」

東屋の幼馴染みだときいて、怜王は勝手に同じような不愛想なタイプを想像していた。ぜんぜん違う。柔らかそうな癖毛で、笑うと頬にえくぼができる。

「怜王君、って呼んでもいいのかな」

「あ、はい。ぜんぜん」

フレンドリーな鳩村に驚いて、妙な返事になってしまった。

「馴れ馴れしいんだよおまえ」

「いいじゃない。ねえ」

鳩村は「これ、お土産」とお洒落なショッピングバッグをテーブルに置いた。クラフトビールの瓶と個包装されたミックスナッツが入っている。

配信ドラマを見に来たはずなのに、鳩村はすっかり飲む気で怜王の前に座ると「これね、うちの地元の地ビール。デパ地下にあったから嬉しくて買ってきちゃった」と瓶を袋から出して並べ始めた。

少々面食らったが、東屋の幼馴染みと親しくなれるのは嬉しい。それに、どうやら鳩村は東屋から怜王のことをきいて知っているようだ。

「小学校のときに圭吾と捨て犬見つけて、二人でこっそり餌やったりしてたんだよね。その犬に似てるってきいて」

東屋が「おい」と制したが、怜王は「あ、『うる』ですか？」と話を続けた。

「そうそう」

「俺、そんなに似てます？」

「これね、うるの仔犬のときの写真」

鳩村がスマホを出した。わざわざ見せようと昔の写真をさらにスマホで撮ってきたらしい。古いカラー写真に仔犬を抱えた子どもが映っている。

「これ、東屋さん？」

目鼻立ちのはっきりした、いかにも利発そうな子どもだ。抱えている犬は大きな耳が垂れていて、なるほどハーフアップにした怜王の金髪となんとなく似ている。雑種なのだろうが、金色の毛並みが柴犬を連想させた。

「よくこんな写真あったな」

東屋も驚いたようにスマホの画面を覗き込んだ。

「確か、仔犬譲りますってポスター作ろうとかって写真撮ったんだよ。結局圭吾んちで飼ってもいいことになったんだけど」

黒い目の仔犬は、東屋の腕の中で嬉しそうに舌を出している。可愛がられていたのが一目でわかる写真に自分を重ねて、怜王はなんだかこそばゆかった。

そのあとビールを飲みながらひとしきり雑談をした。鳩村は大学卒業後地元に戻り、ちょくちょく出張で東京に来ているらしい。

「田舎だから小学校から高校まで、人間関係あんまり変わんないんだよね。大学でやっと外の世界に出たって感じ」

「高校時代とか、二人とも相当モテたんじゃないですか?」

東屋の昔の彼女のことが、ずっと心の片隅に引っ掛かっていた。これはチャンスだ、と怜王はさりげなく探りを入れた。

「僕は全然。圭吾は硬派でねー、モテたけど人気はなかったね」

鳩村が懐かしげに目を細める。

「なんですか、それ」

「バレンタインとか、誕生日とか、モテのバロメーターがあるじゃない。ああいうのはサッパリ人気なかったんだよ。でも真剣に想われてた男ナンバーワン」

「ねえよ」

東屋が鬱陶しそうにぶった切る。

「だから圭吾が知らないだけだって」

「そうなんだあ」

「話作ってんじゃねえよ」

「本当だって。僕のとこにみんな相談に来るんだもん。で、東屋君には言わないでって口止めされてたんだよ。今だって、圭吾あんまり同窓会とか来ないから、僕がつつかれるんだよ？」

多少盛ってはいるだろうが、怜王には東屋を「真剣に想ってる」女子の存在がありありと想像できた。

「彼女はいたんでしょ？」

「いねえよ」

「え、でも今まで一人もいないとかってことはないでしょ。大学のときとかは？　さすがにいたよね？」

「怜王君はどうなのよ」

鳩村が新しいビールの栓を抜きながら怜王に矛先を向けた。

「俺は、まあ普通です」

「普通ってなにがどう普通なのかわかんないよ」

鳩村がおかしそうに笑った。

「まあ、みんな自分の常識の中で生きてますから」

「えっ、なにその名言ぽいの」

「ぽい、いらないでしょ」

「いらなかったね、名言だ」

あはは、と一緒に笑いながら、なんとなく「ヤスミ」のことに触れないようにしたのかな、という気がした。勘繰りすぎだろうか。

「怜王君は彼女とっかえひっかえしてそうだよね」

「してないですよー！」

かつてはしていた。彼女ではなく彼氏だが。

「そういう鳩村さんは？」

「僕もまあ、『普通』だね」

「あっ」

怜王の答えでやりかえし、鳩村は笑いながら「ねえねえ、そんじゃそろそろ上映会しない？」とテレビのほうを見た。

「圭吾がドラマにハマるとか、びっくりしちゃって、思わず検索しちゃったよ。近未来SF、面白そう」

結局「ヤスミ」のことは訊けずじまいだったが、しかたない。

それじゃ、とテレビの前のソファに移動し、おのおの寝転がったりソファに寄りかかったりして上映会をスタートさせた。

二回目は余裕をもって視聴でき、さらに初見の鳩村のリアクションが愉快で、あっという間に四話まで見終わった。

「いかん、これはいかん」

前のめりで視聴していた鳩村が、息も絶え絶えに言ってもたれていたソファに突っ伏した。

「面白すぎて疲れる。やばい」

「今日はここまでにしとくか」

東屋が妙に満足げに言ってニュースに変えた。時計を見ると、もう日付の変わる時間になっていた。

「鳩村、風呂入るよな？」

た。

「うん、ありがと」

東屋が浴室のほうにいき、怜王は飲み食いしたままになっていたテーブルの上を片づけた。

「はー、帰ったら絶対続き見よ…」

鳩村がよろよろ立ちあがり、怜王を手伝ってグラスやビールの小瓶をシンクに運んだ。

「それにしても、圭吾、本当に怜王君と気が合うんだね」

並んでグラスを洗いながら、鳩村が独り言のように呟いた。

「圭吾は打ち解けるのに時間かかるほうだから、知り合ったばっかりで部屋の行き来してるってきいてびっくりしちゃった」

「そうなんですか?」

「圭吾は人づきあいの器用なほうじゃないからね」

確かに、知り合った当初はやたらと短気で高飛車な男だと思っていた。よく知り合ってみればむしろ逆で、東屋は面倒見もいい。誤解されやすい損なタイプだ。

「怜王君には本当に心許してる感じするよ」

「そうなんですか?」

幼馴染みの目には、自分が東屋にとって例外的な存在に映るのだと知って、胸が高鳴った。

「俺、うるに似てたのがよかったのかな？」

「そうかも」

鳩村が楽しそうに笑い、怜王もつられて笑った。

浴室のほうから「湯を溜めてるから、先に入れよ」と鳩村を呼ぶ声がした。

「今日は僕も楽しかった。また会おうよね」

「はい」

鳩村は怜王の肩を軽く叩いて離れていった。

「怜王」

浴室のほうにいった鳩村と入れ替わりに東屋が戻って来た。

「帰るか？」

「うん。履歴書ありがとね」

怜王は封筒に入れた履歴書をちょっと持ちあげてみせた。

「どっかに置き忘れるなよ？」

鍵とかスマホとか、あれ？　と探すとたいてい東屋が「さっきポケット入れてたぞ」とか「皿洗う前に棚に置いたんじゃないのか」とかで見つけてくれる。ちょい置きする怜王の癖を知っていて、このごろは先まわりするようにまでなってしまった。

「大丈夫だって」

「その軽さが信用できない」

怜王君には本当に心許してる感じするよ——鳩村の言葉を反芻するとふわっと幸せな気分になった。

「東屋さんに教えてもらって書いたんだから、置き忘れたりしない」

ちょっと重い言い方になってしまった。東屋がわずかに目を見開いた。

「お、おやすみ」

告白までしたのに今さらぶわっと全身に汗をかき、怜王は焦って玄関に向かった。

「おやすみ。またな」

安心させるような声と照れくさそうな目に、心臓がいきなり倍速で走り出した。

「う、うん。また」

耳が熱くなって、慌てて玄関を飛び出した。

「——」

自分の部屋に逃げ帰り、怜王は玄関ドアの横の姿見を覗いた。まだ心臓がどくどくいっている。

髪黒くしないと、と金髪を指で引っ張り、意味もなく鏡の中の自分に笑いかけた。目がきらきらしていて、我ながらわかりやすい。

「あー…だめだ」

高校時代は彼女はいなかったらしいから、『ヤスミ』は大学でできた恋人なのだろう。でも東屋は「真剣に想われてたナンバーワンの男」だ。そのうち新しい恋人ができるだろう。

怜王は小脇に挟んでいた履歴書を両手で捧げるようにして眺め、ひとつ息をついた。とくとく速く鼓動する心臓はいっこうに鎮まる気配がない。

あの人に彼女ができるまで。

それまでは、この片想いを楽しもう。

5

履歴書のために黒髪にして、ついでに清潔感重視で襟足も短く切った。

どうしたんだ、と黒服仲間にかなり驚かれたが、女の子には「似合うじゃん」「かわいい」と好評だった。

東屋は特になにも言わなかったが、わずかに目を見開いていて、怜王が「どう？　どう？」と気恥ずかしいのを隠して頭を振って見せると、「いいんじゃないのか」と短く答えた。そのあと何度か怜王の首筋を見ていたのは、やはり見慣れないからだろう。

幼くなってしまった、と鏡を見るたび怜王も違和感を覚えたが、しかたがない。

そしてその甲斐はあり、履歴書で撥《は》ねられるだろうと覚悟していたのに、よほど応募が少なかったのか、東屋の助言通り「一番偉そうな人」に直接手渡しにいったのがよかったのか、怜王はカフェバイトの書類選考を通過した。

面接までいけば落とされることはないはず、という謎の自信通り採用になり、そのタイミングでキャバクラは辞めた。

「戻りたくなったらいつでも戻ってこいよ。夜職はいつでも怜王を待ってるからな」

鯨島には微妙な励ましを受けたが、実際のところ怜王も不安のほうが大きかった。

そして研修初日、家に帰って東屋に泣きついた。

「漢字がわからん‼」

接客オペレーションは問題なくこなせ、ドリンクマシンもキャバクラで似たものを使い慣れていたので誰より早く合格をもらった。が、そのあとの座学がいけなかった。

自然派を謳《うた》うマクロビオティックカフェはお洒落で明るく、そして小難しい理屈満載で、「食材や調理法は、いつでもお客様に説明できるようにしておいてください」と小冊子が配られた。開いて一ページ目で絶望しかなかった。

陰陽調和、穀物採食、のっけから読めない。

「マクロビか」

土曜日で、ちょうどジムから帰って来たばかりだった東屋は、例によって怜王が「お願い、教えて！」と両手を合わせると、ぱらっと冊子をめくってくれた。

「流行《はや》ってるよな。会社の近くにもこの手の店増えてて、同僚の女子がよくランチにいってる」

「読み方わかったらスマホで調べられるんだけど、読み方がわかんないんだよ」

「先にメシ食おうぜ。腹減った」

研修帰りに「一緒に晩メシ食わない？」と連絡を入れてOKを貰っていたので、怜王はテイクアウト専門店の弁当を買ってきていた。東屋の「いつもの」が若鶏甘酢あんかけ弁当だと、もう知っている。

怜王の告白のあと、ほんの少し東屋との関係が変わった、気がする。それは本当にわずかな差異で、指摘できるようなはっきりしたものではなかった。

ソファで配信ドラマを見るとき、今まではおのおの好きなポジションでのびのび手足を伸ばしていたのに、どこか遠慮が出てしまう。一瞬、意識してしまう。

怜王にとってはくすぐったいようなその感覚を、東屋のほうではどう思っているのか、表面上は以前となにも変わらないので、怜王には知る由もない。ただ「以前となにも変わらない」こと自体、告白込みで怜王を受け入れてくれているということに他ならなくて、今の怜王にはそれで充分だった。

「でもこれ、外食大手がチェーン展開狙ってる店なんだな」

東屋が若鶏をつまみながら片手で小冊子を裏返した。会社概要のところを読んでいる。

「その研修員も、外部講師とかじゃなくて社員だろ?」

「たぶん」

でも、それがなに? と怜王は首を傾げた。

「本気のオーナーが信念でやってる店ならともかく、そんな必死な顔するほどのことでもねえよ」

「えっ、必死な顔になるよ、だって漢字読めねーんだもん…」

一緒に研修を受けていた同年代はほとんどが大学生で、主婦らしき少し年かさの女性たちも、みな小冊子を涼しい顔でめくっていた。おたついていたのは怜王だけだ。

「授業みたいにさ、そこ声出して読んでみて、って言われたらどうしようって、すげーどきどきしたんだから」

その時の心境を思い出して情けない声になった怜王に、東屋は「じゃあ、あとで俺が読みがな振ってやるよ」と無造作に請け合った。

「えっ、いいの? ありがとう…」

「俺だってこんなの意味不明だ」

東屋が目を眇めるようにして適当なところを開いた。

「医療同源ってこれ、医食同源の間違いなんじゃないのか。いい加減だな」

「そうなの…?」

「だから、そんなに必死にならなくても大丈夫だ。気にすんな」

　完全に気後れしている怜王を気遣ってくれているのだとわかって、頬がじわっと熱くなった。

「ありがとう」

　お礼のしるしに、怜王はペットボトルのお茶を東屋のグラスに恭《うやうや》しく注いだ。今まで飲み物をいちいちグラスに注ぐような面倒なことはしなかった。これは東屋の習慣だ。ビールもお茶も、東屋はグラスに注いでから飲む。洗いものが増えるだけじゃん、と思っていたが、いつの間にか怜王も真似するようになっていた。

「じゃあやるか」

　食べ終わると、食後のアイスコーヒーを用意して、さっそく東屋が冊子を開いた。

「お礼にカフェのサービスクーポンいっぱいあげるからね」

「そりゃおまえに貰わなくても勝手にポストに入ってるやつだろ」

「へへ、じゃあお礼に今度なんか奢るよ」

「お礼より、ちゃんと貯金しろ」

「う」

　不動産屋から補償金を受けとるための手続きをしたとき、難しい文言がわからなくて東屋に手伝ってもらった。その過程でキャッシングやローン払いで金銭的にこんがらがっていることも知られて「リボ払いは悪」と十回復唱させられた。利息の計算できないやつはキャッシングする資格はないとも言われた。

　東屋に説明してもらいながらいろいろ整理をして、契約書とか申請書とか、難しい文章が読めないのってだいぶヤバいんだな、と初めて実感した。周りも同じようなものだったから気にもしていなかったが、知らないところで知らないうちに契約していたり、わからないまま必要もない手数料をとられたりしていて、しかも気づいていなかった。

　カード盗難のとき東屋に「濡れ衣着せられるんじゃないか」と心配されたのも道理だ。

「身土不二…ってなんだこりゃ。しんどふじ、でいいのか？」

　さくさく振り仮名を振っていた東屋が手を止めた。

「東屋さんでもわかんないの？」

「東洋医学とか、そっちの用語だろうな」

「ふーん」

　東屋でも手が止まるのか、とわかってほんの少し気が楽になった。

　難しい漢字にぜんぶ読みがなを振ってもらい、ほら、と冊子を渡された。難しい用語はスマホで検索して、簡単な注釈まで入れてくれている。

「あー、かな振ってくれると読める気がする。目が拒否らない」

　東屋は字がきれいだ。嬉しくて、最初から丁寧に読んでみた。

「あ、へえー…」

さっきは全然頭に入ってこなかったのに、かなが振ってあるだけでちゃんと理解しようと頭が働き、一語一語丁寧に目で追うと、意味がわかってきた。身体にいいものは心にもいい、豊かな人生は食事から——というコンセプトだ。

「俺にも読める」

「日本語だからな、そりゃ読めるだろ」

自分なんかには無理、と思い込んでいたが、そうでもないのかもしれない。

「ふぅうーん」

怜王がじっくりと読み始めると、東屋もビジネスバッグからテキストのようなものを出してきた。

「なにそれ？」

「来週試験があるんだ」

「えっ、会社員なのに？」

びっくりしたが、業務に必要な資格があって、勉強しなくてはならないらしい。

「キャバクラだって防火管理者とかいただろ？　あれは講習でとれるけど、会社員だって要る資格は勉強してとるしかない」

「へえー。難しいの？」

「来週のは社内の選抜試験だからそうでもないな」

今年中にとりたい国家資格は別にあるとかで、そういえば部屋に難しそうな本がいっぱいあるなあ、とは思っていた。

「俺、勉強嫌いだからなあ…やべえな、普通の人って大変だ」

「普通の人って、おまえも普通の人だろ」

「俺は…漢字読めないもん」

「読めるだろ。今、読めるって自分で言ったろ?」

「それは、そうだけど」

怜王は手元の冊子を眺めた。中学もまともにいっていなかったから、こうしたものを真面目に広げたのはいったいいつ以来だろう。

「メンドクサイって心の抵抗を押さえたら頑張れる……ような気がする」

難しい、と感じるとそれだけで脳が拒否してしまうが、東屋の文字が添えられていると頑張れそうだ。

とりあえず最初から最後まで読んでみよう、と座り直すと、横で東屋もテキストを広げた。一緒に勉強してるみたいだ、とテンションがあがる。我ながら単純だ。

夏の夜、キッチンテーブルに並んでいると、どこからかナイター中継がきこえてくる。しばらく黙っておのおの自分のことに集中して、怜王はそれがとても心地よかった。ページをめくる音と、エアコンの稼働音、それにまじってきこえる平和なナイター中継。

「ちょっと休憩するか」

ひとしきり真面目にとり組んで、なんとか最後まで読み終えると、ちょうど同じタイミングで東屋もひと息ついた。

「うん」

顔をあげると、東屋がつくづくと怜王の首のあたりを眺めていた。

「なに？」

「いや、本当に短くなったなと思って」

なんのことか一瞬わからなかった。

「あー、髪ね。うん、すーすーする」

怜王はうなじに手を当てた。鯨島にも「妙に色っぽいぞ、そそる白さだ」とからかわれた。怜王自身、朝鏡を見ると「誰？」と一瞬思う。カラコンもピアスもやめたので本当に地味だ。

「この見かけで椿怜王って名前は重いよ」

「そんなことはない」

冗談半分にぼやいたら、思いがけず真面目な声が返ってきた。

「俺は、今のほうがいい」

「え、へ、へえー…そう？」

東屋はただ思ったことを口にしただけだろうが、心臓によろしくない。怜王はこっそり深呼吸して動揺をやりすごした。

「あの、東屋さん」

「ん？」

「好き」

テキストを見ていた東屋が、目玉だけ動かして怜王を見た。

「もうきいた」

「いやいやいや」

緊張して言ったのに！　と憤慨したが、東屋がふっと笑ったので、嬉しくなった。

「言いたいだけなんだろ？」

「まあね、そうね」

「じゃあ言えばいい」

「好きです」

「わかった」

もうー、と天を仰いだが、東屋も楽しそうに笑っていて、こんなふうに普通に受けとってもらえることが怜王は嬉しかった。

「で、全部読めたか？」

東屋が氷の溶けたアイスコーヒーを飲み干した。

「一応」

「よかったな。俺も今年は秋に試験あるからそろそろ本腰入れないと」

東屋がテーブルの上のテキストを手にとってぱらっとめくった。

「怜王もなにかとりたい資格とかないのか？」

大変だなあ、と他人事のように思っていたら、急にそんなことを言われてびっくりした。

「そんなのないよ」

考えたこともない。というか、自分の世界にそんなものは存在しなかった。資格とか。そもそも高校もいってないのに、といつもそこで思考が止まる。

「運転免許は？　持ってたらいろいろ便利だろ」

「それって中卒でもとれるんだっけ」

思わず言ってから、自分が高校にいっていないことをずっと気にしているのだと、はっきり自覚した。

「そりゃとれるだろ」

「でも、免許は金かかるし、なくても不便はないからなあ」

そのときはそれで終わった。

でも、そのあとじわじわ考えた。

二日の研修が終わり、マクロビの冊子は必要なくなったが、怜王はときどき開いて、東屋がふりがなを振ってくれた文字を眺めた。

陰陽調和、穀物採食、もうぜんぶ読める。

自分なんかには難しすぎて理解できるわけがないと思っていたのに、そうでもなかった。

頑張れば、できるのかもしれない。

カフェは最寄り駅のビル中にあるので、東屋は会社帰りに覗いてくれる。

シフトによっては一緒に帰れて、怜王があがるまで「ちょうど勉強できていい」と店で時間をつぶしてくれたりもした。窓際のカウンター席でテキストを広げている姿に、出会ったころ、コンビニのイートインで見かけて「カッコいい！」とときめいていたのを思い出した。

あの頃は、まさかこんな関係になれるとは夢にも思っていなかった。信じられないが、現実だ。

隣人同士で仲良くしていて、ときどき怜王が「好き」と言えば「ああ」とか「うん」とか答えてくれる。

ずっとこうしていたい、ずっと彼に好きな女性ができなければいいな、と思う。

自分が欲張りになっていることを、怜王はうっすら気づいていた。

同じバイトの女の子が「あの人、かっこいい」と東屋に注目し、「椿君の友達なの？　紹介してよ」などと言われると嫌な気分になる。以前なら「そうでしょ、かっこいいでしょ」と自慢に思うだけだったはずだ。

東屋に恋人ができてしまったら、そこで潔《いさぎよ》く諦める。そう決めていた。

でもそんなことが本当にできるのか、怜王は自信がなくなっていた。

「ああー、とうシーズン3も終わってしまった…！」

今日も一緒にスーパーに寄ってから、東屋の部屋で配信ドラマを視聴した。

「俺は勉強するからそろそろ帰れよ」

しばらく二人で余韻に浸り、東屋がソファから腰をあげた。

「はいはい、わかってるよ。そんな邪険にしなくてもいーじゃんか。あのさ」

いつものようにキッチンテーブルにテキスト一式を出している東屋に、怜王は少し前から考えていたことを打ち明けた。

「俺、夜間高校いこうかな」

東屋が「お？」というように怜王のほうを向いた。

「この前、普免とれば？　って言ってくれたじゃん。でも俺、その前に高卒の資格っていうか、肩書っていうか、それがほしい」

　東屋なら馬鹿にしたりしないと信じていたが、打ち明けるのには少しだけ勇気が要った。

「高認じゃだめなのか？」

　東屋が訊いた。

「えっ？」

「夜間もいいとは思うけど、高校生活やり直したいっていうんじゃなきゃ、高認のほうが早いだろ。家で勉強できるんだし」

「でも、高卒って履歴書に書けないだろ。俺、専門学校とかいくつもりないし、それだと中卒のままだから」

　怜王も高卒認定試験のことは調べていた。高認は、さらに別の資格をとるために取得するものだ。履歴書を書いたときに、怜王は自分が学歴にこだわっていることを再認識した。自分に自信を持ちたい。それには高卒、という肩書がほしかった。

「俺はバカだけど、ずっとそう思ってるけど、でも最近、そうでもないかも、ってちょっと思ってきたんだよね」

「怜王は馬鹿じゃない」

　東屋が即座に遮った。

「え？」

「怜王はどこで働いても、だいたい辞めるときは引き留められただろ？」

「まあ。けど、みんなそうだろ？」

「そんなことはない。怜王は仕事ができるし、仕事ができるやつが馬鹿なわけがない。それに怜王はコミュニケーション能力が高くてバランス感覚がいい。羨ましいくらいだ」

「いやいやいや」

真顔で褒められて、怜王は酸欠寸前でばたばた顔の前で両手を振った。

「やめて、いたたまれない」

「なんでだよ」

「いやほんと」

顔がかっと火照っていて、たぶん真っ赤になっている。

「中卒って学歴は確かにハンデだけど、高認は履歴書にそう書けるはずだし、高卒同等に扱ってもらえるだろ」

「それはそうだけど」

自分がなにに自信が持てないのか、と怜王は改めて考えてみた。

高校生活を送り損ねた、という後悔はない。そうではなくて、学力がない、勉強してこなかったという恥ずかしさを払拭《ふっしょく》したい。自分だってやればできるんだという自信がほしい。

「――高認でもいいのかな」

「一緒に勉強するか？」

東屋が自分のテキストを指さした。秋に受験予定の資格試験のために、このところ夜遅くまで勉強している。

「おお、一緒に！」

怜王の反応に、東屋が笑った。

「さぼれねえぞ」

「お互いさまだよ」

「誰に向かって言ってんだ」

勉強なんかしたことがない、大丈夫かな――という不安のあとから、怜王はふと欲張りな気持ちが湧いてくるのを感じた。

もしちゃんと頑張りきれて、高認試験に受かったら。

「あのさ、東屋さん」

「うん？」

急に緊張して、怜王は一度息をついた。

「モチベーションあげるのにお願いあるんだけど」

緊張が伝わったのか、タブレットをケースから出そうとしていた東屋が手を止めた。

勝手に膨らんでしまう気持ちが、だんだん辛くなっていた。

東屋は仕事柄、接待や打ち合わせで遅くなることがよくあって、怜王はそのたびに女性が一緒だったんじゃないか、と考えてしまう。

どうせ自分は対象外、と気楽に思えていたのはいつまでだっただろう。

好きだ、という気持ちが深まるにつれて、東屋に恋人ができたときの心の準備が追いつかなくなってきた。

もし彼女を部屋に連れてくるようなことになったら――、と想像するだけで辛い。

せめて一回、キスしてほしい。

彼女ができてしまったら、もうそんなお願いをすることさえできなくなる。だから、キスを一回だけ。

「なんだよ?」

怜王の言おうとしていることを予想したのか、東屋の声がほんの少し硬い。

「受かったら、一個だけお願いきいてほしいんだけど」

「お願い?」

なんだよ、と東屋が目で訊いてくる。

「受かったら言う。絶対無理だったら諦めるから」

「断ってもいい前提で、モチベーションになるのか？」

「なるなる！」

「…まあいいけど」

「やった！」

東屋は怜王の「お願い」に弱い。たとえ渋い顔をしていても、最終的には「まあしょうがねえな」で折れてくれる。

だからいつか怜王の「好き」にも折れてくれるんじゃないか…、とつい希望を持ってしまう。

受かったら、キスしてほしいとお願いしてみる。

キスしてくれても断られても、少なくとも東屋の心の中が少しだけわかる。

だからとにかく今は、自分に自信が持てるように頑張ろう。

そう決めて、怜王は生まれて初めて真剣に勉強にとり組んだ。

高認試験は毎年夏と秋にある。

秋の試験にギリギリで申し込んだものの、最初はなにをどうしていいのか、さっぱりわからなかった。東屋に辞書の引き方を教わり、基本的な学習の進め方を習い、短期記憶でなんとかなる科目から攻略しろと助言してもらって、初めての試験で、怜王は十四科目中、四科目合格した。

「俺、天才なのでは？」

十二月、結果が出て怜王は鼻高々で東屋に報告した。

東屋はたった四科目しか合格できなかった、と怜王ががっかりすることを心配していたらしい。大喜びしている怜王に「よかったな」とやや気が抜けた調子で一緒に喜んでくれた。

「勉強のやり方がわかったからには、もはや俺は無敵だ。次は残り全科目合格すっからなー！」

「まあ頑張れ」

軽く言って、東屋が「そろそろいいぞ」と桃色の豚肉を湯にくぐらせた。

「うまー！」

例によって東屋の部屋で、今日は手軽に鍋をしていた。豚しゃぶにはポン酢かごまだれかで毎回軽く揉める。

「東屋さんも結果来週？」

「今年はだめかもな」

珍しく東屋が嘆息《たんそく》した。

東屋も不動産関係の難しそうな資格試験に本腰を入れていて、この数ヵ月一緒に頑張ってきた。が、東屋は残業や出張もあり、気を張る会議の前にはその準備にも時間をとられる。社会人が資格取得の勉強をするのは並大抵ではないな、と怜王は素直に尊敬していた。

「それは怜王も同じだろ」

「俺はバイトだもん」

「いや、鳩村も褒めてたぞ。モチベーション保つの大変なのによく頑張ってるよなって」

モチベーション、のところで東屋がやや言い淀んだ。受かったら、の約束をちゃんと覚えてくれているのだろう。

「今度会ったら鳩村さんにも報告しよう」

鳩村とは出張で上京してくるたびに顔を合わせ、すっかり親しくなっていた。東屋と違って鳩村は察しがいい。特になにも言わないが、怜王のモチベーションの源がなんなのか、わかっているような気がしていた。

「次こそ全科目制覇するからなっ」

怜王は不敵に笑って見せた。

相変わらず「東屋さん、好き」「おう」というやりとりは続いていて、すでに日常になっていた。ほぼ毎日一緒に勉強して、互いの生活パターンもすっかり把握している。

東屋に彼女ができてしまったら、と不安にかられていた時期もあったが、この数ヵ月、よくも悪くも二人の生活に変化はなかった。

高認をとれたらキスしてもらう——そのお願いは棚あげにしてしまおうか、とすら怜王は考えるようになっていた。彼に恋人ができてしまう前に、という焦りより、今のバランスを崩すほうが怖い。そのくらい、二人の生活は安定していて、心地よかった。

「その日のノルマ達成したらドラマ一話見ていい、って方式は有効だったよね。ご褒美方式、俺に合ってる」

「けど今日くらいは休むか」

「賛成！」

最近二人で新たにハマっているのは海外のホラーサスペンスだ。続きを見よう、といそいそ電気鍋を片づけて、つまみとビールにグラスを持ってソファに移動する。

「あ、ちょっとごめん」

テーブルの上に置きっぱなしにしていたスマホが着信した。表示されているアイコンに、怜王は「おっ」と声が出た。鯨島だ。キャバクラを辞めてからなかなか会うこともなくなっていた。

「クジラ？　久しぶり」

仲間と飲んでいて「怜王どうしてんのかな」という流れかな、と予想しながらスマホを耳に当てた。

『おー怜王、久しぶり』

鯨島の声は陽気だったが、酔っ払っているわけでもなく、どこか外にいるようだ。

『怜王、今どこよ？　俺、怜王んちの近くに来てんだよ』

「えーっ、マジ？　なんで？」

びっくりしたのと嬉しかったのとで声が大きくなった。ソファに座ろうとしていた東屋が驚いたように怜王のほうを向いた。

『客が潰れて、タクで送ってった帰り。あれここ怜王んちの近くじゃんって』

駅にいく途中で気づいて電話をくれたようだ。

「東屋さん、友達が近くに来てるから、俺ちょっと出てくる」

駅前にいるときいて、怜王はせっかちにスマホをポケットに突っ込んだ。

「友達って誰だ？」

「クジラ！」

東屋が覚えているかわからなかったが、怜王は慌てて「いってくる！」と部屋を飛び出した。客を送っただけならどうせすぐ店に戻らなくてはならないだろうが、せっかくの偶然だ。久しぶりに顔を見て話したい。

終電までにはまだだいぶある時間帯で、駅前は賑わっていた。年末に向かってどこの店も客が溢れている。

「クジラ」

花屋の前んとこいるわ、と言っていたのですぐに見つけられた。歩行者信号が赤で、怜王は短い横断歩道の向こうで煙草を吸っている黒服に手を振った。が、鯨島はまったく気づかない。所在なさげに片手のスマホを弄り始めた。

「クジラ！」

大きな声で呼ぶと、ちらっと顔をあげたが、またすぐスマホに目をやってしまう。

「クジラって」

信号が青になり、小走りで近寄りかけて、怜王はやっと自分がすっかり昔の自分とは変わってしまったのだ、と気がついた。鯨島は肩まである茶髪にメッシュを入れて、スマホを弄っている指にはごついリングを光らせている。

俺の耳のピアスホール、もう塞がってるかもしれないな。

怜王は唐突にそんなことを考えた。

ピアスも、好きで集めていた髑髏《どくろ》モチーフのアクセサリーも、もうずいぶん長い間身に着けていない。ショートダウンの下はニットとデニムで、足元はスニーカーだ。

「あっ、怜王か」

目の前に立つまで、鯨島は怜王に気づかなかった。

「えっ、やべ。なんだよ、大学生のおにーさんじゃん」

「へへへ」

鯨島が戸惑っている。その反応に、怜王も戸惑った。前のめりで走ってきたぶん、次になにを言ったらいいのかわからなくなって、らしくもなく口ごもってしまった。

「家、この近くだったよな」

鯨島の口調にも、微妙な距離がにじんだ。

「そ、信号のすぐ向こう。引っ越ししたとき一回来たじゃん。みんなと一緒に」

なんとかとり繕った怜王に、鯨島も「そうそう」と応じた。

「くすねたテキーラ持ってって、密造酒ごっこしよーぜって騒いだな。したら隣にうるせーって追い出されて、ほんで居酒屋で暴れたんだわ」

「そうだった」

ひゃはは、と思い出し笑いをしている鯨島に、怜王もなんとか合わせたが、お互い「あれ？」という違和感を拭えなかった。

「あー、さむ」

以前はいくらでもくだらない話で盛りあがれたのに、鯨島は所在なさげに首をすくめた。

「タクシーで戻る？」

弾まない空気に、怜王は先回りをした。

「だな。あっ、でも俺、財布忘れてんだわ。さっきは客になんとか払わせたんだけど」

「貸そうか」

　スマホは持っているから電子決済でも済むのに、怜王は妙な申し訳なさから、ショートダウンのポケットを探った。

「いいよ、どうせマネに払ってもらうし」

「出し渋るじゃん、あの人」

「ま、だよなー」

　ははっと笑って、やっとかつてのテンポが戻ってほっとした。でももう以前のようにはいかないのだ、とお互いにわかってしまった。

「久しぶりにクジラの顔見れてよかった」

「うん、俺も」

「怜王！」

　財布から札を出していると、ふいに後ろから声をかけられた。

「えっ、東屋さん？」

　歩行者信号の向こうから、東屋が走って来ている。

「なんで？　どうしたの？」

「どうもしねえ」

　短く答えながら、東屋は「誰だ？」というようにじろっと鯨島をねめつけた。

「そんじゃまたな、怜王」

鯨島が気圧《けお》されたように一歩後ろに下がった。

「あ、うん。みんなによろしく」

鯨島が逃げるような早足でタクシー乗り場のほうに向かっていく。怜王はその後ろ姿を見送った。

うまく噛み合わなかった会話に、寂寥《せきりょう》が過《よぎ》る。

変わったのは自分だ。大学生みてー、と困惑した笑みを浮かべていた鯨島に、心の中でごめん、と謝った。なにを謝っているのか自分でもよくわからなかったが、鯨島だけにではなく、なにかに対して、謝った。

「おい、大丈夫かよ」

いつの間にかぼんやりしていて、東屋に腕を肘で突かれた。

「金出せとかって脅されてたんじゃないだろうな」

そう言われて、自分が中途半端に財布から札を出しかけていたのに気がついた。鯨島が東屋の剣呑さに驚いて引いたので、結局金を貸す前にいってしまった。

「違うよ」

財布をダウンのポケットに入れ、怜王はふっと笑った。

「なんで俺が脅されなきゃなんだ」

東屋からすれば、昔の悪い仲間に呼び出され、金をせびられているようにでも見えたのだろう。急に飛び出していった怜王に、東屋が心配になって来てくれたのだというのもわかり、今度はじわっと胸が暖かくなった。

「さっきの、キャバクラのときの友達だよ。潰れたお客さんの家がたまたまこの近くで、俺のこと思い出して電話くれたんだって」

「なんだ、そうか」

なぜか東屋が気まずそうに目を逸らした。

「東屋さんが怖い顔するからびびって帰っちゃったじゃん。でも、ありがと」

「いや…」

並んで歩き出しながら、怜王は東屋のほうを見あげた。

「心配して来てくれたんだろ?」

「…まあな」

東屋が珍しく曖昧に言葉を濁した。

冷え込んだ空気に、息が白く溶ける。行き交う人を避けながら歩いて、東屋の手に、手の甲が触れた。

あ、と思った瞬間、東屋もびくっとして手を引いた。

「ごめ……」

焦ったように東屋の歩幅が急に広くなり、怜王も慌てて足を速めた。

「東屋さん」

ずんずん歩いていく肩幅の広い背中を追いかけて、怜王は突然、自分がひどく遠いところまで来てしまった、という感慨に打たれた。昔の友達がすぐには気づかないほど、見かけも中身も変わってしまった。

この人を追いかけて、怖いくらい、遠くまで来た。

ごめん、と謝ったのは自分がなにかを捨ててしまったからだ。

この人を好きになって、昔の自分を捨ててしまったからだ。

そしてそのことを後悔すらしていない。

飲食店の並ぶ一角を通り過ぎると、急に辺りが静かになった。コーポが見えてきて、東屋がやっと足を緩めた。怜王はまた東屋の横に並んだ。

コーポの上に月が出ている。

半月はくっきりと明るく、怜王はふっと東屋と関係を持った翌日の朝のことを思い出した。いい思いをさせてもらった、とほくそ笑んで見あげた明け方の空にも、薄い月が出ていた。あのときの自分がずいぶん遠い。

好きだ——この人が、好きだ。

胸の奥が甘く疼いた。

コーポの中に入り、足音を響かせないように注意しながら共通廊下を通って、東屋は自分の部屋の前で足を止めた。

廊下のＬＥＤが青白い光を放っている。肩越しに振り返った東屋が、なにか言いたそうに怜王を見つめた。強いまなざしに、息が止まりそうになった。意味もなく鼓動が速くなる。

東屋が鍵を開け、怜王を先に中に入れてくれた。

エアコンも電気もつけっ放しになっている。

「俺のピアスホール、もう塞がっちゃったかな」

鯨島の複数ピアスを思い出しながら、怜王はもそもそダウンコートを脱いだ。キッチンの窓に映っている自分の姿が目に入る。大学生のおにーさんじゃん、と鯨島が戸惑っていた。

短い黒髪は軽くスタイリング剤で整えただけで、着ているオフタートルのニットもごく普通だ。怜王は窓に近寄って、耳たぶを引っ張った。部屋の明かりが反射して、ピアスホールまでは見えない。代わりに後ろに立った東屋と、ガラス越しに目が合った。

突然、怖いくらいに心臓が高鳴った。振り返るとすぐそこに東屋が立っていて、瞳に自分が映っていた。こみあげてくる熱いものを飲み込んで、怜王は東屋を見あげた。

「…次の、高認試験で合格したら、――って話したの、覚えてる？」

そのときにはキスしてよ、と言うつもりだった。

「——俺は東屋さんが好き、……好き、だから……」

どうして急に、今、こんなことを言い出しているのか、自分でもよくわからなかった。

東屋も戸惑っている。

「だから——」

そこで絶句してしまい、怜王は目を伏せた。心臓が気味悪いほど速く、強く打っている。

「あの」

沈黙に耐え切れなくなったときに、東屋が身じろいだ。

「東屋さん、きす、——キスして」

口をついて出た言葉が、あまりに切羽詰まっていて、自分でぎょっとした。東屋もはっとしたように目を見開いている。

こんなタイミングで言うつもりはなかった。

「ごめ…、あの、俺……」

混乱と後悔でほとんど泣きそうになったとき、目の前にふっと影が差し、あ、と思ったときに口づけられていた。

「——え」

触れたものは、すぐに去ってしまった。

キスしてくれた。

かあっと全身が熱くなり、こめかみがどくどくと脈を打った。思わず口を押さえて、怜王はもう片方の手で東屋の腕を掴んだ。東屋も自分で自分のしたことに驚いている。瞳がうろうろと落ち着かず、それでも怜王を見つめている。

「東屋さん」

動揺しすぎて、平衡感覚がおかしくなった。よろけそうになった怜王を、東屋が支えてくれた。

「東屋さん」

夢を見ているように現実感が遠のき、怜王は無我夢中で逞しい身体に縋りついた。

「お願い」

拒否しないでほしい――懇願が通じたのか、東屋は怜王を振り払わなかった。怜王はこわごわと顔を近づけ、今度は自分からキスをした。

「――」

唇が薄く開き、怜王が舌を出すと、濡れた感触が触れた。ゆっくり口の中に舌を入れると、躊躇《ためら》ったが、応じてくれた。

東屋は、怜王の「お願い」に弱い。

渋っていても、最終的には折れてくれる。

「……、ふ……」

エアコンのかすかな音に、キスの生々しい音が混じってくらくらした。ずっと想像していたはずなのに、こんなキスをするんだ、と思考がぐちゃぐちゃになってただ圧倒される。

「東屋さん」

なにも考えられない。

ただ、今、ここで、どうしても抱いてほしかった。

「お願い」

瞳から激しい葛藤が伝わってくる。怜王はもう一度、心をこめて東屋を見つめた。

「東屋さん、好き」

しばらくして東屋の指がそっと怜王の頬に触れた。

「怜王」

声に情感が滲んでいて、心臓が跳ねた。

どきどきしすぎて、足を動かしているという感覚すらないまま寝室に入った。よろけるようにベッドに座ると、東屋がゆっくり覆いかぶさってくる。

夢でも見ているようにふわふわして、怜王はされるままになっていた。服を脱ぎ、脱がされ、キスを交わして、素肌を触れ合わせた。

「――あ」

脇腹の辺りに東屋の昂りが触れ、怜王は心底安心した。ちゃんとほしいと思ってくれている。

酔いつぶれた東屋を襲ったときのことを頭の片隅で思い出しながら、怜王はぎこちなく触れた。あのときとぜんぜん違う。まるで初めてセックスしようとしているようだ。

「怜王」

掠れた声がして、急に抱きすくめられた。

「あ――」

まさか東屋のほうからこんなふうに求めてくれるとは思っていなかった。怜王はのしかかってくる男の背中に夢中で腕を回した。

「…怜王」

東屋が躊躇いを捨てるのがわかった。

それなりに経験のある大人の男が、初めて肌を合わせる相手を気遣いながら抱こうとしている。それが怜王には新鮮だった。

卑猥な冗談や下品な物言い、煽ったり煽られたりで快楽だけを追うようなセックスしか知らなかった。知らなかったことすら、知らなかった。

探るように互いの身体に触れ、徐々に核心に近づいていく。もっと触れたい。もっと知りたい。

ジェルもないし、東屋は男との経験がない。きっと痛いだろうなと思いながら、それすら興奮の種になった。

「東屋さん、――好き」

返事の代わりに指先にキスをされてくらくらした。

「い、入れる……?」

高まっていく感情の落ち着き先を探して、怜王は両足を開いて腰を揺すった。唾液やいろんなもので濡れた指がもう何度もそこを探っている。

東屋が無言で起きあがった。

「だいぶ前のしかない」

「いいよ」

ベッドの横の抽斗《ひきだし》を開けて、東屋が小さなパッケージをとりだした。「ヤスミ」と別れたのは「だいぶ前」なのか、と怜王は頭の片隅で考えた。そして今、自分とこうしている。

充実した大きな身体に抱きすくめられ、怜王は大きく足を開いた。

中に好きな人が入ってくる。覚悟していたほどの痛みはなく、それより喜びでいっぱいになった。

「東屋さん……」

好き、という言葉を彼の唇が吸いとった。

「――怜王」

唇が離れ、耳元に口づけられた。情感のこもったその声に、もう少しで泣きそうになった。

「あ、――…」

圧倒的な力と幸福に満たされて、怜王はひたすらそれに溺れた。

6

ふっとあたりに明るさを感じて、目が覚めた。

いつの間にか眠っていて、怜王は気怠く身じろいだ。身体の奥に鈍痛がある。

「――えっ」

靄《もや》のかかっていた意識が一気に目覚め、すぐ隣の温もりに、息が止まりそうになった。

東屋はまだ熟睡している。裸の胸がゆっくりと上下していて、怜王は眠る前にした行為の記憶に固まった。

夢…じゃない。

ごくりと唾を飲み込んで、そっと下半身に意識を集中させた。もう長らくなかった、この「まだ入ってるみたい」な感覚。

毛布の中で足が密着していて、怜王はそうっと身体の向きを変えた。東屋がん、と小さく声を洩らした。案外可愛らしい声にどきんとする。

カーテンの隙間から入ってくる朝日で、部屋の中はぼんやりと明るかった。外はまだ静かだ。何時だろう、とすぐそばにあったスマホで時間を確かめた。六時前だ。脱ぎ散らかした服や乱れた毛布に、今さら怜王は動揺した。

「――怜王…?」

掠れた東屋の声がして、心臓が跳ねた。

「あの――」

いつ目を覚ましたのか、東屋がこっちを見ていた。窓を背にした東屋の表情はよく見えない。

彼も、たぶんまさに今、夕べの記憶を辿っている。

「――何時?」

不安は、彼の照れの混じった声で消えた。

「あと五分で六時」

「起きるか」

「待って」

思わず東屋の腕を掴んだ。

「――」

キスして、と目で訴えると、東屋は一瞬怯んだが、すぐ押しつけるように唇にキスをしてくれた。

「…おはよう」

「うん」

ぶすっとした返事に照れくさくて死にそうになっているのがわかって、怜王は思わず噴き出した。

「なんだよ」

「なんでもなーい」

昨日の情熱的なセックスを思い出すと、どうしても頬が緩む。そして東屋はそれを「なかったこと」にはしなかった。

「腹減ったな」

ベッドを下りると、東屋は下着だけつけてキッチンのほうにいった。怜王もそのへんに散らばっていた服を集めて、急いで着た。

この人と、セックスをした。

ニットを頭からかぶり、ソックスを履き、それから髪をちょっと手で直しながら夕べの行為を反芻して、信じられない気持ちで息をついた。

ベッドのわきに、情事の痕跡が残っている。怜王はどうしようもない幸福感に包まれながら、そそくさと片づけた。

そのあと二人で食べっぱなしにしていたテーブルを片づけ、向かい合って朝食をとった。東屋は表面上はまったくの通常モードだが、どこかに照れが滲む。怜王は顔が笑ってしかたがなかった。

「東屋さん」

「うん？」

「好き」

目玉焼きを箸で割っていた東屋が、目だけをあげて怜王を見た。

「おう」

今まで通りの返事に、怜王は性懲りもなく嬉しさを噛みしめた。

「今日、何時に帰って来る？」

「七時かな」

「あ、じゃあ帰り店寄っててよ。一緒に帰ろ」

「わかった。遅くなりそうだったら連絡入れる」

今までとなにも変わらない会話なのに、関係を持ったあとの「今までと同じ」は意味が違う。

夕食を一緒にするのはもはやルーチンだが、朝食は、考えてみればこれが初めてだ。新鮮な喜びに浸りながら朝食を食べ終え、片づけまでして、自分の部屋に戻る前に、怜王は東屋の前に立った。

「じゃ、また夜にね」

本当はキスしてほしかったが、東屋が甘ったるいことが苦手なのはわかりすぎるほどわかっている。

「東屋さん、大好き」

わざと甘い声を出してみると、東屋が一拍遅れで無言でうなずいた。内心の困惑と照れが漏れ出していて、つい笑ってしまった。東屋もつられたようにとうとう笑った。

今まで怜王がつき合った男は、言葉を惜しまないタイプが多かった。

怜王超好き、めっちゃ可愛い、愛してる——甘い台詞をきき飽きるほど浴びせられたが、怜王にはなんの感慨もなかった。なにせ愛の言葉はタダだ。お手軽だ。誰にでも同じことを何百回でも言える。

怜王自身、同時進行など日常茶飯で、誰が本命で誰が浮気相手なのか、彼氏なのかセフレなのかよくわかんねーな、というつき合いばかりしてきた。

東屋は好きだと言わない。

綺麗だとか可愛いとか、甘い言葉も囁かない。

でも、怜王が困っていそうなときには必ず助けに来てくれた。

東屋は嘘をつかない。ごまかさない。

彼が自分を受け入れてくれたのなら、それ以上甘い言葉など必要なかった。


初めて関係を持ったのが十二月の初めで、あっという間にクリスマスも終わった。

怜王はフロアリーダーを経てホールマネージャーに昇格し、「俺、バイトなんだけど？」と首を傾げながら正社員のマネージャーに代わって店を仕切るようになっていた。当然繁忙期は猛烈に忙しく、同じく年末に向かって多忙な東屋とはゆっくりする暇もなかった。

でも夜は別で、まだ完全には知り尽くしていない恋人の身体に夢中になっている。どんなに仕事が忙しくても、多少理不尽な思いをしても、プライベートが満たされているのでぜんぜん平気だ。

「東屋さん、大好き」

クリスマスウィークがようやく終わり、少し落ち着いた。

怜王はソファで寛いでいる東屋の後ろからかがんで首に抱きついた。交代で風呂に入って、まだどちらも髪が湿っている。

「好き、かっこいい、えっちしよ」

「いつもその三段階だな」

「ねーねー、しよう」

相変わらず東屋は恋人らしい言動は一切しない。返事の代わりに無造作に腕を引っ張られて、怜王はソファをぐるっと回って東屋の膝に乗った。

「好き」

正面から目を見て言うと、東屋が目を逸らした。が、わずかに照れがにじんでいるのを見逃さなかった。風呂あがりで薄いスウェットパンツをはいた前がもう硬くなっていて、それも嬉しい。

「えっちなことしていい？」

怜王もとっくに勃起していて、生地越しにこすりつけた。気持ちいい。頬が熱くなり、目が潤むのが自分でわかる。今ものすごくエロい顔してるんだろうな…と思ったらキスされた。東屋のほうからキスをしてくれるのは稀《まれ》で、でもだんだんその頻度があがっているような気がしていた。そして誘えば必ず応じてくれる。東屋は怜王の「お願い」に弱い。

「好き」

顔を見るとどうしても言いたくなる。東屋のきつい目がほんの少し甘くなり、そのたびに胸が高鳴った。

「怜王」

「ん」

歴代彼氏は卑猥なことを言わせたりさせたりを好んだが、東屋はむしろ下品な物言いを嫌がった。露骨な行為も好きではない。だからといって淡泊なわけでもなくて、怜王はあっというまにソファに押し倒された。

プレイ、という感じがまったくない、東屋のセックスがすごく好きだ。

「怜王、正月の予定は変わってないか？」

ソファからベッドに移動して、結局連続で二回もした。

満足してキスを交わし、東屋がふと思い出したように訊いてきた。店は駅ビルのカレンダーで営業していて、大晦日までは通常営業だが正月は二日まで休業する。

「三日から店だったよな？」

「うん。東屋さんは四日からだよね？」

後始末をして怜王はまたベッドにもぐり込んだ。東屋のベッドはセミダブルで、二人で寝るにはちょっと狭いが、毎晩くっついて眠っている。

「俺、ここしばらく帰省してねえから、そろそろ顔見せに来いって言われてんだよ」

ぼやきながら東屋がシーリングライトのリモコンで部屋の明かりを消した。

詳しいことは知らないが、東屋の実家は兄が継ぐことに決まっていて、大学を卒業して今の企業に就職した段階で「俺は完全に外様《とざま》になった」らしい。それでも節目にはそれなりの務めがあるようだ。

カフェ勤めの怜王と会社員の東屋とでは休みが合わないので、正月休みは貴重だった。はっきりそうは言わないが、怜王が楽しみにしているのを知っていて、悪いな、と思ってくれている。

「初詣一緒にいきたかったけど、しょうがないね」

クリスマスも、恋人っぽいことをしたかったのに、仕事が忙しすぎてそれどころではなかった。残念だが、東屋はちゃんと気持ちを汲んでくれている。

「帰ったら初詣いこう」

しかも東屋からそんな提案をしてくれた。怜王は一気に気持ちが晴れた。

「ほんと？　じゃあ俺も久しぶりにばーちゃんとこ顔出しにいってこようかな」

「おまえんとこのばーちゃんは元気なのか？」

「うん、たぶん。あんま連絡とらないけど、彼氏もいるし、店もまあまあ繁盛してるっぽいし」

「――彼氏？」

東屋が訝しげに怜王のほうを向いた。

「彼氏って?」

「店のお客さんじゃないのかなあ。東屋さんにここ紹介してもらう前、アパート追い出されそうになってたじゃん。だから店の二階にしばらく置いてもらえるかって電話したんだよ。そんときにあたしは彼氏のマンションに住んでるからいいわよって」

「…彼氏って、ばあちゃん幾つだ?」

「さあ、六十にはなってないと思うけど。ええと、五十六とか八とか、そんくらいかな」

祖母も母親も十代で産んでいるのは確かだが、しっかり年齢をきいたことがないのでよくわからない。

「五十六って、俺の母親と同じかよ」

東屋が驚愕した。

「すげー若作りだから見たらもっと驚くよ」

でも「六十にはなっていない」という年齢にはなってるんだなあ、と怜王は母親代わりをしてくれた祖母に思いを馳せた。ドラマや漫画に出てくるような慈愛に満ちた祖母ではなかったが、少なくとも困ったときに泣きつける保護者ではあった。

「あのさ」

怜王は東屋の肩のあたりに頭を寄せて、ちょうどいいポジションにおさまった。

「東屋さん、大学のときは彼女いたよね?」

ずっと気になっていた「ヤスミ」のことを、今なら訊いてもいい気がした。

「なんだよ、急に」

「だって鳩村さんが東屋さんのこと、めちゃモテたって言ってたから、気になるじゃん」

東屋が不実なことをするような男でないことは、よく知っている。過去になにがあったとしても、今自分を選んでくれたのなら心配するようなことはない。

それなのに引っ掛かっているのはあのときの甘く掠れた「ヤスミ」という声が耳に残っているからだ。平たく言えば、嫉妬している。

今はヤスミより自分のほうが大事だ、と言ってほしい。

「だから、俺は別にモテねえよ」

「嘘だ。俺にはモテてるもん」

ぎゅっと抱きつくと、東屋が笑った。

「おまえがもの好きなんだよ」

「んなことないって。かっこいいし、意外と優しいし、絶対にモテるよ。大学のときは彼女いたでしょ？　いたよね？　いないわけないもん」

「まーな」

しつこい怜王に、東屋がとうとう根負けした。

「どんな人？　美人だった？　なんて名前？」

「保美《やすみ》」

ここぞとばかりに質問攻めにすると、東屋が仕方なさそうに名前だけ答えた。

「ふ、ふーん」

自分が訊いたくせに、東屋の口から「ヤスミ」という名前が出て、怜王はどきっと息を呑んだ。どこか想像の中だけの存在のように思っていた「ヤスミ」が実在していて、本当に東屋のかつての恋人だった、という事実に軽いショックを受けた。

「きれいな人だった？」

動揺が表面にでないように、怜王は好奇心を装った。

「普通だろ」

「大学の同級生？　どこで知り合ったの？　部活？　バイトとか？」

「ゼミが一緒だった。もういいだろ、とっくに別れてんだ」

無邪気を装って質問攻めにして、はっきり「もう別れてる」という一言を引き出した。

「いつ？」

「大学卒業したとき」

東屋が若干ほろ苦い顔になった。が、それで彼の中で「保美」が完全に過去になっているのを感じた。

「ふーん、そっか」

東屋が不実なことをするわけがないとわかっていたが、やはりほっとした。そもそも東屋が自分と彼女をとり違えたのはもう一年も前のことだ。

「帰って来たら初詣いこうね」

今は間違いなく自分の彼氏だ。

正月の約束をして、東屋は仕事納めのあと帰省していき、怜王も大晦日まで仕事をして、その足で祖母の店に向かった。

スナックの常連客は相変わらずの顔ぶれで、鯨島に続き、客や祖母にも「どうかしたの」「なんかあったの」とすっかり変わった見た目に驚かれた。

「好きな人ができまして」

彼氏の影響なんだよねーと怜王は「見て見て」ときれいな箸使いを披露《ひろう》して存分にのろけた。ひとしきり冷やかされつつ客や祖母と飲んで、日付が変わって「おめでとう」を言い合ってから二階にあがった。

店の二階は、怜王の実家だ。もう顔もよく覚えていない母が、出稼ぎ風俗にいくたびにここに預け、いつしか帰って来なくなった。

シャワーだけ済ませて、埃っぽいベッドに横になると、まだ下からは酔っ払い客の笑い声が響いていた。古い箪笥《たんす》、旧式の湯沸かし器、懐かしさが押し寄せる。祖母は怜王を邪険にはしなかったが、特に可愛がるということもなかった。近所には似た境遇の子どもがぞろぞろいて、今思えばよくあんな危ないことをしてたよな、とぞっとするような遊びをしていた。

効きの悪いエアコンがごんごん音を立て、ふと今日はぜんぜん勉強してなかったな、と思い出した。

「うぅー、俺偉すぎ…」

怜王はベッドから起きあがって、持って来たバッグから英単語のテキストを出した。毎日、一分でも勉強すると決めて、願掛けのように守ってきた。

座卓の上にテキストを広げると、煙草の焼け焦げが目に入り、無性に煙草が吸いたくなった。東屋が喫煙しないので、いちいちベランダや換気扇の下で吸っていたが、だんだん面倒になって、いつの間にかずいぶん本数が減っていた。が、まだきっぱり止める決心はついていない。

祖母の煙草が窓際にあり、壁に寄りかかって一本くわえた。習慣で少し窓を開けてなんとなく外を眺めた。街灯の白い光が路地を照らしている。子どもの頃は、よくそこにみんなで溜まって落ちていたエロ本を回し読みしたり、くすねてきたジャンクなお菓子を食べたりした。怜王は小さな子に懐かれる性質《たち》で、レオ君、レオ君、とあとをくっついてくる子が何人もいて、怜王も弟のように可愛がっていた。

しょう、にちか、はやと、顔と名前がすぐ出てきたことが自分でも意外だった。あいつら今はどうしているのかな、と懐かしく思い出しながら、一方でだいたいの想像はついていた。女のヒモ、水商売、不法営業、薬物取引、詐欺の手伝い…ぱっと思いつく生活は、今までの自分の生活だった。

階下からまた下卑《げび》た笑い声が響いてきた。

さっき祖母や常連客と飲みながら、怜王はもうここは自分の落ち着ける場所ではなくなっているのだと実感した。

鯨島と噛み合わなくなってしまったのと同じだ。

寂しい。でも戻れない。戻ってももう前のようにしっくりこなくなっている。

半分吸って、煙草を捨てた。

窓を閉めると、冷えた両手をこすりながら座卓の前に座る。少し迷ってスマホを出して、東屋にメッセージを送った。

〈今ばーちゃんち。今からちゃんと今日のノルマやるよ。偉いだろ。俺は明日の朝帰るからね〉

東屋は二日に東京に戻ることになっていた。毎日一緒にいたから、離れて過ごす数日がものすごく長く感じる。

彼も同じ気持ちでいてくれたらいいな、と思いながらノルマをこなして、スマホを見た。返信はなかったが既読になっている。東屋はしょっちゅうスマホを見るタイプではないから、既読がついているだけで嬉しかった。

〈早く会いたい〉

こんなメッセージを送れるのも嬉しい。

ずっとカフェが忙しかったので疲れが溜まっていた。階下の騒ぎはおさまる気配もなかったが、怜王は電気を消してベッドにもぐり込んだ。

翌日になっても、東屋からの返信はなかった。

祖母のところを出てコーポに着くまで何回かメッセージを送ってみたが、それにも反応がない。

さすがにちょっと不安になりながら、怜王は自分の部屋の鍵をポケットから出そうとした。

「おう」

「えっ」

鍵を差し込もうとしたら、いきなり隣の部屋のドアから東屋が顔を出して、驚いた。

「ど、どうしたの？　えっ、もう帰ってたの？」

「そっちはえらく遅かったな」

待っていたような口ぶりだ。たまの祖母孝行のつもりでスナックの店内を隅々まで清掃し、厨房の換気扇やガス台も磨いてきたので、確かに予定よりは遅くなった。

「東屋さんこそ、明日じゃなかったの？　こんな早く帰って来るなら連絡くれたらよかったのに」

東屋が手に持っていたスマホを怜王に向かってかざすようにして見せた。端にひびが入っている。

「親戚のガキに壊された」

「ええっ」

「一昨日まではなんとか使えてたんだけど、昨日いきなりくたばって、しょうがねえからもうこっち帰って来た」

「そうなんだ」

反応がなかった理由がわかってほっとして、それから「俺のために早く帰って来てくれたんだ！」と気づいて怜王はテンションがあがった。

「へへ」

「なんだよ」

「だって、こんな早く会えると思ってなかったからさ」

東屋は特になにも言わなかったが、彼も早く会いたいと思ってくれていたのが手にとるようにわかり、怜王は蕩けそうになった。

「寒いだろ。入れよ」

「うん」

自分の部屋の鍵を開けかけていたのに、怜王はそのまま東屋の部屋に入った。

「東屋さん」

スニーカーを脱ぐのももどかしく抱きつくと、抱きしめられた。喜びと幸福感に体温があがる。

「東屋さん、大好き。かっこいい。えっちしよ」

いつもの三段階で誘うと、東屋が声を出さずに笑った。

東屋も帰って来たばかりだったらしく、寝室は冷え切っていた。押し倒された背中にベッドカバーが冷たい。でもぜんぜん寒くなかった。大好きな彼氏がキスをしてくれる。怜王は夢中になって大きな身体を受け止めた。

「すき、大好き」

こんなに好きな人が彼氏になってくれた。幸せすぎて溺れそうだ。

元旦の夜を一緒に過ごして、次の日は約束通り近所の神社に初詣にいった。

おみくじを引いて、見せっこをしたら、怜王が末吉、東屋が大吉で、自分のおみくじの「待ち人来ず」が気に入らなくて、いいなあいいなあと羨ましがったら「うるせえなあ、じゃあ交換してやるよ」ととり換えてくれた。

おみくじをとり換えていいものかと首をひねったが、並んで紐に結ぶのが恋人っぽくて、どっちがどっちでもいいや、と浮き浮きした。

そのあとは通りかかった初売りしている店をぶらっと見て、カフェでお茶を飲んだ。初めて東屋とデートらしいデートをして、怜王は浮かれっぱなしだった。

「あー、俺ももう明日から仕事かあ」

正月からきびきび働くカフェの店員に、怜王は小さくため息をついた。

「サービス業の宿命だな」

「そうなんだよ、それなんだよ。キャバクラも年末年始はかき入れどきだったから、今のところは二日まで休みでまだマシなんだけどさー」

昼職に移って生活時間は合うようになったが、今のままだと休みは合わない。週に一回くらいは一日一緒に過ごせたらいいなあ、と怜王はさらに欲張りなことを考えた。

高認をとれたら、別の仕事を探そうか。

コーヒーを飲んでいる彼氏をうっとり見つめながら、ふとそんな考えが頭を過った。

東屋さんとすれ違いの少ない時間帯の仕事で、できれば長く続けられる仕事。

いつもなんとなくで流されてきて、怜王は初めて自分の意思で先のことを考えた。

「あ、落としたよ」

そろそろいこうか、と腰をあげると、母親と手をつないで店に入って来た小さな女の子がぬいぐるみのマフラーを落とした。

「あ、ありがとうございます」

「はい」

怜王は拾ったマフラーを軽くはたいて、ぬいぐるみの首に巻いてやった。

「可愛いね、ウサギちゃん？」

しゃがんだままで話しかけると、女の子がはにかみながら「エッタちゃん」とぬいぐるみの名前を教えてくれた。

「エッタちゃんか。ばいばい、エッタちゃん」

ぬいぐるみと握手して立ちあがると、女の子が「ばいばい」と怜王に手を振った。

「ばいばい」

金髪ピアスの頃なら警戒されただろうが、女の子はもちろん母親もにこにこしていて、我ながら好青年になったものだなあと思う。

それからふと、昔は近所の小さい子ともよく遊んだよな、と実家で懐かしさに浸ったことも思い出した。

「ねえねえ、俺、保育士とかどうかな！」

先に店を出ていた東屋に追いついて、冗談半分に思いつきを口にした。

「昔っから俺、なんでか小さい子に懐かれるんだよね。向いてるかも！」

「保育士か」

笑い飛ばされるだろうと思って言ったのに、意外にも、東屋はなるほど、というように怜王を眺めた。

「いいかもな」

「えっ、アリ？」

「自分で言ったんだろ？」

東屋が呆れたように言った。

「それこそ高認とったら資格試験も受けられるんじゃないのか？　調べてみろよ」

「う、うん」

どこかで自分なんかがちゃんとした職業を持てるわけがない、と思い込んでいた。東屋の反応に、本気で検討してもいいのか？　と怜王は目が覚めた思いでびっくりした。

「保育士か。そっかー…」

急に目の前が開けたようで、怜王はどきどきした。

「よーし、ひとまず高認がんばろ」

「おう、頑張れ」

気合を入れると、東屋が雑に励ました。

どうでもいいような顔をしているが、怜王が真面目に頑張っていると、東屋は丁寧にコーヒーを淹れてくれたり、集中できるように物音を立てないようにとさりげなく協力してくれる。

なにより東屋は怜王のモチベーションの源だ。

「ご褒美の先払いしてもらったしね」

資格試験のご褒美にキスしてもらおうと思っていたのに、もっとすごいご褒美を、ほとんど毎日もらっている。意味ありげに目配せすると、東屋が苦笑いして目を逸らした。

いつまでたっても色っぽい方面になると急に居心地悪そうになる東屋がおかしい。することはしてるくせに、と前の晩のことを思い返してふふっと笑った。

「なんだよ?」

「なんでもないでーす」

大通りから駅に向かいながらポケットを探ると、東屋が「そっちじゃない、内ポケットだ」と言った。

「え?」

「スマホだろ? さっき内ポケットに入れてた」

「あ、ほんとだ」

相変わらず、東屋の怜王の探し物フォローは完璧だ。この頃ではちょっと困るとすぐ「俺、財布どこに置いたと思う?」などと東屋に訊いてしまう。

「スーパーの袋と一緒に持ってたから、シンクの上の棚にちょい置きしてそのままだろ」

そして八割の確率でその通り見つかる。まるでエスパーだ。

こんなふうに休日を一緒に過ごせて、外デートもして、この上なにかを望むのは贅沢だ。

だけどあともう少し欲張るのを許してもらえるとしたら、と怜王は横を歩く東屋をちらっと見あげた。

怜王、好きだよ。なんて囁かれてみたい。

東屋は深みのあるいい声をしている。耳元で甘く囁かれたら死ねる。

「さっきから、なんなんだよ？」

想像してにやにやしていたら咎《とが》められた。

「なんでもないでーす」

まあ、妄想だ。

それに、本当はそんな甘い言葉はいらない。

怜王はもう一度隣の東屋を盗み見た。

甘い言葉はいらない。ただ、もう少しだけ自分の好きの分量と、彼の好きの分量が近くなったら嬉しいな、と思う。

そのためにも、もっといろいろ頑張らないと。

そう改めて心に誓った二か月後、東屋は帰宅するなり怜王に無造作に告げた。

「俺、再開発事業部に異動になった。来月から本社勤務だ」

# 7

昇進に伴う異動だと知って、怜王は「おめでとう！」と喜びの声をあげた。

ずっととり組んでいた国家資格を取得して、社内試験も受かったときいていた。が、東屋は浮かない様子だ。

「どうかしたの？」

「本社勤務だと引っ越ししなくちゃならねえ」

「引っ越し…？」

転勤だ、ときいて、怜王はやっと東屋の浮かない顔の理由を理解した。

「手続きも多いし、面倒くせえ」

ぶつくさいいながら東屋はネクタイを緩めた。

「着替えてくる」

「あ、うん」

三月に入ってから急に気温があがり、夜になっても冷え込まなくなった。東屋が寝室のほうにいき、怜王は夕飯の仕上げをしようとキッチンに立った。でもきいたばかりの転勤話に気をとられ、ガスレンジの火をつけないままフライパンを揺すっていた。

「なにやってんだ」

自分にツッコミを入れつつガスの火をつける。

「それで？」

着替えてきた東屋と差し向かいで食べ始めて、怜王は転勤話を促した。

「ここから通勤ってできないの？　本社って、都内だろ？」

「去年本社ビルが移転したから、乗り継ぎがあんまりよくないんだ。再開発事業部は勤務時間も不規則だしな」

「そっか…」

きいてすぐは実感が湧かなかったが、今まで通りの生活はできなくなるんだ、と思うと急に食欲がなくなった。

「いつから？」

「内示が出たら通常は二週間後に辞令が下りる。たぶん四月の最初の月曜づけだ」

東屋も落ち着かないようだが、もう先のことを考えているのがわかる。

いきなりすぎて、怜王は自分がなににショックを受けているのか、とっさには判断がつかなかった。

「引っ越し先ってもう決まってるの?」

「独身寮が空いてるらしいから、しばらくはそこだ」

独身寮。

引っ越しはもう既定路線で、東屋はそれになんの逡巡もないようだ。怜王はぼんやりして、機械的に箸を使った。

「悪い」

スマホが鳴って、東屋が席を立った。

「東屋です。——ああ、はい。そうです。引き継ぎの件で。会議室押さえてもらってるので、明日二時間ほど…」

すぐに戻ってくるかと思ったが、通話を切ってもまた次が入る。異動に伴っての連絡事項がいろいろあるらしく、なかなか終わらない。怜王は半分以上残して食べ終え、自分のぶんだけ食器を片づけた。

「忙しそうだから、今日は帰る」

メモを書いて見せると、スマホを耳に当てたまま、東屋が目で了解、と返してくる。

自分の部屋に帰ったものの、最近は服をとりに入るだけだったので、なんだかよそよそしく感じてしまった。掃除もしていないのでテレビや棚にはうっすら埃が積もっている。

東屋さん引っ越しするのか、と怜王はベッドに座り込んだ。

一緒に暮らしているような気になっていたけれど、それは自分が勝手にそう思っていただけのことだったのか。

怜王は今さらなことに気づいて、愕然とした。

隣同士で住んでいて、ただ毎晩泊まっていただけ。客観的にはそれだけだ。だから彼の引っ越し先は社宅で、そこに一人で引っ越しすることを、東屋は当たり前のように怜王に告げた。

急に力が抜けて、怜王はベッドにごろりと横たわった。安物のスプリングが揺れ、小さく軋む。

どうして、と強く目をつぶると、無数の泡のような疑問が浮かんでは弾けた。

東屋さんは、平気なのかな。

一人で引っ越しするのが、当たり前なのかな。

俺のことはどうでもいいのかな。

疑問の泡が次から次に生まれ、怜王は突然大事なことに思い当った。

どうして俺は、東屋さんを恋人だと信じているんだろう。

一度も好きだと言われたことがないのに。

キスもセックスも、誘うのはいつも自分からなのに。

急速に夢から醒めていくようで、怜王は慌てて起きあがった。

そんなことはない。そんなはずはない。

「だって…」

だって？

恋人だと信じていた、その根拠を探そうとしたら、ぎゅっと不安が胸を締めつけた。怜王は無意識に両手の拳を強く握った。

東屋さんは誠実な人だ。身体だけの関係なんてあり得ない。

好きでもない相手とキスなんかしないし、恋人でなければセックスなんかしない。

……でも、一度でもあの人のほうから求めてきたことがあったか？

考えないようにしていた事実を、怜王はとうとう自分に突きつけた。

キスも、抱擁も、いつも求めるのは自分からで、東屋はそれに応えたことしかない。始めてしまえば情熱的で、だから気にしないことにしていたが、それが事実だ。

彼のほうからキスしてほしくて、わざと待ってみたこともある。でもぜんぜんで、結局我慢しきれずに自分から近寄った。

気持ちに温度差があるのは、最初からだ。怜王のほうから好きになって、怜王のほうからアプローチして、東屋はそれに応えてくれた。

指先が冷たくなって、怜王はエアコンをつけるともう一度ベッドに横になり、今度は布団の中にもぐり込んだ。しばらく使っていなかったエアコンが変な音を立てている。

仕事の電話がひと段落すれば、転勤の話をしに来てくれるんじゃないかと期待していたが、その夜、とうとう東屋からはなんの連絡もないまま終わってしまった。

キャバクラ勤めをしていたころ、怜王は女の子が客の気を引くためにさかんに好き好きアピールをする一方で、本命彼氏には逆のことばかりするのが不思議でならなかった。

他の男の影をちらつかせてみたり、わざと連絡をスルーしたり、それで機嫌をとってもらえたとしても最初のうちだけで、彼氏はだんだんうんざりして、結局はうまくいかなくなる。

好きでもない客には愛想をふりまくのに、どうして本当に好きな男にはそっけない態度をとるのか、「嫌われるのあたりまえだよね」と泣いている女の子を慰めながら首をひねっていた。

怜王はそんなことはしなかった。

東屋を好きになってから、いつでも正直な気持ちを口に出したし、愛情のありったけを差し出してきた。

だから本当は今回も「引っ越しするならついていきたい」「どうせなら一緒に暮らしたい」と素直に主張したかった。

それなのに、黙っている。

彼のほうからなにか言ってくれるんじゃないかという期待を捨てられずにいる。

転勤になった、ときいたのが三月の初めで、あっという間に一週間が過ぎた。

東屋は引き継ぎや取引先への挨拶などで忙しいらしく、毎日帰宅は深夜になった。食事は済ませてくるとだけ連絡があり、怜王は了解、とだけ返した。

一緒に食事をしないのなら彼の部屋に入る理由もない。

この数ヵ月で培《つちか》ってきた習慣は、あっけなく崩れてしまった。

夜遅くに帰って来る物音がきこえると、顔を見にいきたくてたまらなくなる。でも我慢した。

疲れているのに、とうんざりされたくないし、なによりつき合っているというのが自分だけの思い込みだったら、という可能性に怯えていた。

だから木曜の朝チャイムが鳴って、東屋が玄関に立っているのを見て、怜王は一気に舞いあがった。

「おっ、おはよう！」

東屋が多忙なのは確かで、前の晩も遅かったのは帰宅の物音で知っていた。会社員は本当にすごい。終電で帰っても七時にはもうこうしてぱりっとスーツを着て出勤の用意ができている。

「悪いな、まだ寝てたか？」

「ううん、大丈夫」

久しぶりに顔を見て、怜王は性懲りもなくときめいた。なにもかもが好きで、怜王にとって東屋はやはり最高にいい男だった。怜王のほうはこんなことならちゃんとしておけばよかった、と後悔しかない寝起き姿だったが、せめて満面の笑みを浮かべた。

「なに、どうしたの？」

今日は早く帰るから、引っ越しのことを話し合おう――勝手に予想して、怜王は胸を高鳴らせた。

「今日、なにか予定あるか？」

「ないよ、ないない、ぜんぜんない！」

来た！　とばかりに前のめりで返事をする。今日は月に一度の駅ビル全店休業日だ。東屋も知っているはず。

「じゃあ、悪いんだけどな、これ鳩村に渡してくれるか？　今日出張でこっち来るらしいんだ」

東屋が膨らんだ茶封筒を差し出した。すうっと熱が冷めていく。

「…なに、これ」

「この前置き忘れてった仕事のサンプルらしい」

そんなに急ぐものでもないが、引っ越しするならその前に、ということらしい。弾んでいたぶん、期待が外れたダメージは大きかった。

「いいか？」

「うん、もちろん」

それでもなんとか笑顔をキープした。

「……それじゃ。起こして悪かったな」

東屋がめずらしくなにか言い淀んだが、怜王は「いってら」と明るく送りだした。早くドアを閉めないと彼の前で泣いてしまいそうだった。

「じゃあ」

「うん」

ドアごしに足音が遠ざかるのをききながら、怜王は茶封筒を放り投げたい衝動を必死で我慢していた。

怜王は茶封筒をローテーブルの上に載せ、起きたままのベッドにダイブした。

「俺ってなんなの？　彼氏じゃないの？」

東屋は遊びで寝るような男ではないし、甘い言葉を垂れ流すような男でもない。それに言葉じゃなく行動を見ろ、というのは恋愛指南でよくきく金言だ。

「……わからん……」

しばらく考えてみたが、ただただ混乱するだけだった。


「怜王君、なんか元気ないね？」

忘れ物のサンプルをとりに来た鳩村は、怜王の顔を見るなりそう言った。

午後六時、いつもなら人の行き来が激しい時間帯だが、駅ビルが月に一度の休業日なので、ビルの入り口付近、という雑な待ち合わせでもすぐに鳩村を見つけられた。今日は日帰り出張とかで、ビジネスユースの大ぶりのリュックに、スーツもラフなノータイだ。

「勉強疲れ？　頑張ってるんだろ」

「そんなでもないですよ」

新幹線の時間まで少しあるから、と誘われて駅のすぐ近くのダイニングバーに入った。

「持って来てもらったお礼に奢るから、好きなの頼んでよ」

「ありがとうございます」

ちょうど開店したところで、店内はまだ閑散としていた。荷物もあるので、窓際の広々とした四人掛けテーブルを二人で占領し、相変わらず人当りのいい鳩村に怜王はほっとした。

「圭吾、異動で忙しいみたいだね。落ち着いたらまた三人でご飯食べようよ」

「そうですね、はい」

自分と東屋の関係をどこまで知っているのかわからず、怜王は曖昧に笑った。鳩村は仕事でしょっちゅう都内に来ていて、東屋とは時間が合いさえすれば飲んでいるようだが、怜王は東屋のところに泊りに来たときにしか鳩村と顔を合わさない。東屋と関係を持ってから鳩村と会うのは、考えてみればこれが初めてだった。

「そのサンプルってなんなんですか?」

鳩村がリュックに膨らんだ茶封筒を仕舞っている。見た目よりずっしり重くて、なんなんだろうと思っていた。

「これ? うちで扱ってるサイディングの見本。サイディングってわかる? 建物の外壁材」

怜王は初めて知ったが、鳩村は実家が経営している建設部材の販売会社で働いていた。

「自分ちの会社? じゃあ鳩村さんって御曹司《おんぞうし》なんだ」

怜王が言うと、鳩村は「御曹司って」とおかしそうに笑った。

「僕の家なんかは零細企業で細々やってるだけだけど、圭吾のところは東屋グループってでかい会社だから、確かに圭吾は御曹司かもね。お兄さんが後継ぎなんだけど、怜王君が圭吾の家見たらきっとびっくりするよ。田舎の元大地主ってすんごい家住んでるから」

「そうなんですか」

初めて知ったというふうを装ったが、本当はとっくに知っていた。

東屋は自分のことを積極的に話すほうではないが、怜王が訊けば教えてくれる。彼に年の離れた兄がいることも、あまり仲が良くないこともきいていたし、家の場所も位置情報アプリを駆使して把握していた。ストリートビューで見ていることは、さすがに引かれるだろうと東屋にも内緒にしていたが、最初に東屋の家を見つけたときは「武家屋敷か？」と驚いた。

自転車通学してたのかなとか、近所の建物や駅前通りなど、彼がどんなふうに地元で過ごしていたのか想像しながらマップを辿るのは楽しかった。好きな人のことはなんでも知りたい。少なくとも、怜王はそうだ。

東屋は怜王のことをなにも訊いてくれないが、それはそういう性格なんだ、と思うことにしていた。

オーダーしたドリンクが運ばれてきて、お疲れ、と軽くグラスを合わせた。

「それにしても、怜王君すっかり変わったよね」

外で飲むのは久しぶりで、そう言うと鳩村がつくづく怜王を眺めた。

「初めて会ったころってキャバクラの店員さんやってたんだっけ。金髪で、グレーのカラコン入れてて、ピアスいっぱいつけてたよね。痛そうだなあって思ってた。ほんと、変わった」

「更生しました」

あはは、と一緒に笑って、怜王は少し黙り込んだ。なぜ自分が変わったのか、きっと鳩村にはばれている。でも東屋が自分たちのことを話していないようだというのも雰囲気でわかってしまい、なにも言えなくなった。隠している、のではなく、ただ照れくさいからだ――と思いたい。

「髪黒くしちゃったから、もううるには似てないですかね」

うる、と呼んでいた東屋の愛情に満ちた声が忘れられない。鳩村が懐かしそうに目を細めた。

「怜王君みたいに人懐こくて、可愛かったな。僕、小学校の一時期、不登校になっちゃってたてね」

鳩村がふと思い出したように話を変えた。

「鳩村さんが？」

「うん。うちの会社、そのころ経営厳しくて、あいつの家そのうち夜逃げするとか、まあ子どもってそういうのありがちでしょ。圭吾は逆の意味でやっぱりクラスで浮きがちでね。東屋グループの会社で働いてる親の子いっぱいいるから、こう、微妙で。うちも圭吾の家の下請けやってたし、僕もそのころは遠巻きにしてたよ」

「へえ…」

出会った当初、東屋が「お高く止まっている」という怜王の発言に反応していた理由がうっすらわかった気がした。

「でも、幼馴染みなんですよね？」

「そう。僕が不登校になってたもんで、圭吾プリント渡す係で毎日うちに寄ってて、そのうち一緒に捨て犬見つけて、で、だんだん仲良くなったわけ。圭吾のとこで飼うようになってもよく一緒に散歩いったよ。うる、僕たちが高二のときに病気で死んじゃったんだけどね」

「お待たせしました」

少ししんみりしたタイミングで、頼んでいた料理が運ばれてきた。

「あの、お客様って、そこのマクロビカフェの方ですよね？」

学生バイト、といった感じの若い女性スタッフが、小声で話しかけてきた。

「え？　ああ、はい」

びっくりしたが、よく見ると彼女は週に一度はランチに来る客だった。

「いつもありがとうございます」

「わー、覚えててくれたんだ！」

はしゃいだ声をあげられて、怜王は少し困惑した。

「また食べにいきますね」

「はい、お待ちしています」

そう応えるしかない。鳩村もびっくりしていたが、失礼します、とスタッフに戻った彼女が去ると、「さすが、モテるねえ」と面白そうに笑った。

「そんなんじゃないですよ。女性のお客さんが多いんです」

「いやいや、怜王君目当てのお客さんもいるんじゃないの？」

女性にモテてもしょうがないし、もっと言えば、今怜王がモテたいのは地球上でたった一人だ。

「あの。東屋さんの彼女って、どんな人だったんですか？　ヤスミさん、だっけ」

怜王はずっと気になっていたことを思い切って口にした。

「圭吾からきいたの？」

思い切って名前も出すと、鳩村が意外そうにパスタをとろうとしていた手を止めた。

「名前だけ」

うーん、と鳩村は微妙な表情を浮かべた。

「僕はあんまりよく知らないんだよね。大学は別だったし、奥平《おくひら》さんと会ったのも一回か二回、挨拶したくらいだし」

「卒業のときに別れたってききました」

「そういう約束だったもんね」

「え？」

鳩村がなにげなく口にした言葉にびっくりしたが、鳩村のほうも怜王の反応に、しまった、という顔をした。

「卒業までって、なんでそんな約束を…？」

少し逡巡してから、鳩村が仕方なさそうに説明した。

「奥平さん、卒業したら見合いするって決まってたんだよ」

「見合い？」

「怜王君は驚くかもだけど、家が会社経営してたり創業家だったりしたら、家の結びつきってまだけっこう大事だったりするんだよね。奥平さんは関西の食品メーカーの長女で、お見合いする相手も決まってるんだって言ってたな。だからせめて学生の間くらいは自由にしたい、みたいな。圭吾も、お兄さんがあんまり気の進まない結婚してて、だから奥平さんに同情したんじゃないかなあ」

驚きすぎて、怜王は言葉が出なかった。ヤスミ、と囁いた甘く掠れた声を、久しぶりに思い出した。

そのあと鳩村とどんな話をしたのかよく覚えていない。

ただ「同情したんじゃないのかな」という鳩村のなにげない言葉が、どうしてかいつまでも胸に刺さって痛かった。

ぼんやりしたままコーポに帰り、自分の部屋のベッドに座った。自分がなににショックを受けているのかもよくわからず、ふと手に持っていたスマホでオクヒラヤスミ、と検索してみた。

「――え？」

本当に引っ掛かるとは思っていなかった。奥平保美、と実名登録するタイプのSNSが表示され、まさかね、とどきどきしながらタップした。旧姓が奥平で、現在は違う姓になっている。急に動悸が激しくなった。出身大学、卒業年度、東屋と同じだ。

何枚かアップされていた写真はなにかのパーティに出席しているものや、家族で談笑しているものだったが、「ヤスミ」は怜王が漠然と想像していたような華やかな美女ではなかった。品のあるワンピースにセミロングの黒髪で、どの写真でも控えめな微笑みを浮かべている。そのいかにも清楚な佇まいに、怜王は打ちのめされた。

東屋の口から「保美」という名前が出たときも実在していたんだと変に動揺したが、写真を見てさらに落ち込んだ。

あの人はもともとストレートで、自分とはまったく違うタイプの女性とつき合っていた。

――同情したんじゃないのかなあ。

「同情…」

口に出してみて、自分がなにに傷ついているのか、ようやくはっきりと自覚した。

俺も、同情されたんだろうか。同情で一緒にいてくれたんだろうか。

彼女の画像から目をあげてふっと息をつくと、チャイムが鳴った。どきっとした。

「東屋さん」

「おう」

最近は終電間際の時間にしか帰って来ないし、東屋のほうから来てくれること自体が珍しい。

「鳩村からさっき連絡が来た。おまえによろしく伝えてくれって」

「や、晩飯奢ってもらっちゃって、俺のほうこそラッキーしちゃった。今日は早かったんだね」

顔を見ると自動的に気分があがる。東屋のほうから来てくれたことも嬉しい。

「ちょっと、いいか？」

「えっ？　うん」

やっと引っ越しの話をしてくれるのか、と怜王はほっとした。東屋に促されるまま、怜王は久しぶりに隣の部屋に入った。そしてはっとした。

キッチンの隅に、いつの間に運び込まれたのか引っ越し用の段ボールや梱包材が積んであった。目にして、首の後ろがひやりとした。

「東屋さん」

思わず、目の前の背中に抱きついた。

「大好き」

東屋が怜王の腕をぽんと叩いた。今まではそれで満足していた。それだけで充分嬉しかった。

「ねえ、たまにはそっちからキスしてよ」

でも今は不安がまといつく。怜王は切実な願いを隠して、明るい声で冗談めかした。

「は？」

東屋が背中ごしに振り返った。

「いっつも俺からキスするじゃん。たまには東屋さんから、情熱的にさー」

東屋は怜王の「お願い」に弱い。

頼めばキスしてくれる。誘えば、抱いてくれる。でも、頼まなかったら？

異動と転居が重なって忙しいことはわかっている。でもどうしようもなく不安が募った。

「それより、これな」

東屋は無造作に怜王の手を離させて、ダンボールの束を指さした。

「ダンボール使っていいから、自分のものは詰めて持って帰ってくれ。お任せで作業は業

者がぜんぶやってくれるから、間違って梱包されたら面倒だろ。俺は明日から三日、研修所で次の業務研修受けるんだ。俺がいなくても、勝手に入っていいから」

言いながら、コピー用紙のようなものを手渡してきた。

「なに？　これ」

「引っ越し先の住所」

独身寮の案内をコピーしたものらしく、地図入りで住所や管理先の電話番号が記載されていた。マジックで業者らしき携帯番号や、引っ越しの日時も書き込まれている。

「十日後？」

こんなに早く、と動揺した。

「繁忙期で、引っ越し業者の予約がそれしかとれなかったらしい」

「――俺も引っ越ししようかな」

とり残されたくない。ついていきたい。願望が、突然口から飛び出した。

「は？」

「だって、ここ、東屋さんちの持ち物件で、俺は東屋さんの好意で部屋貸してもらってたんだから、東屋さんが引っ越しするなら俺も出た方がいいのかな、って」

ついていきたい、という本音を隠そうと焦って言い訳をしたら、東屋が「なんでだ」と呆れたように遮った。

「なんでそうなる？　怜王が管理会社と契約してんだろ。俺とはなんの関係もない」

「――そうだね」

東屋は間違ったことを言っていない。そのとおりだ。関係ない。

力が抜けて、怜王はダイニングチェアに腰かけた。一週間前には自分の家のように堂々とキッチンを使ったりソファに転がったりしていたのが嘘のようだ。

「あのさ」

俺たち、つき合ってるんだよね？

それが一番訊きたいことだった。

俺のこと、好きだよね？

それをちゃんと確かめたかった。

でも否定されたら、と思うと怖い。

「――東屋さん、大好き」

「俺はかっこよくないし、今日は疲れてる」

口癖のようになっているいつもの三段階を、先回りで断られた。

「そっかあ」

傷ついたのを隠して、怜王は笑って立ちあがった。そっけないのも、こういうときに口調がクールになるのも、いつものことだ。いつものことなのに、今は痛い。どうしようもなく、痛い。

「ざんねーん。じゃあ俺、帰るね」

引き留めてくれないか、と性懲りもなく期待した。

「ああ、またな」

「東屋さん」

迫ってくるものが喉を圧迫して、怜王は急いで玄関のサンダルをつっかけた。ドアのノブに手をかけ、怜王は背中ごしに東屋を振り返った。

「俺のこと、好き?」

「――は?」

「俺は、好きだよ」

「ああ」

今さらなんだ、というように東屋が口の端で笑った。

「きき飽きた」

「――はは」

軽い冗談だとわかっていたが、発作のような笑いが起こり、怜王は口を押さえて笑い出した。おかしい。馬鹿馬鹿しい。

「なんだよ」

「なんでもなーい。おやすみ」

好きだと自覚したときから、怜王はいつでも正直な気持ちを口に出してきた。かっこいい、と憧れて、一生懸命追いかけた。

好きだ、と言っても嫌がらない。お願いすればキスしてくれる。ベッドに誘えば抱いてくれる。本当に、それで充分だった。

自分の部屋に入って、怜王は受けとった独身寮の案内を眺め、冷蔵庫の扉にマグネットで留めた。

それからローテーブルの前に座ってテキストを開いた。今日のノルマをこなすのは無理かもしれないが、とにかく少しでも進めよう。

自分で作った学習スケジュールを確認すると、順調に予定を消化できている。よし、とシャープペンシルを手にとった。

今度こそ全部の単位で合格をもらい、高認をとって、それから保育士資格を狙おう、と決心していた。

試験の手続き、申請書の提出方法、問い合わせの要領、難しそうだと尻込みしてばかりいたことが、今は普通にできるようになった。

先のことを考えられるようになった。

東屋のおかげだと思う。

以前なら、同情でもなんでも、お願いをきいてもらえることで喜べた。

でも、今は嬉しくない。

彼に憧れて、一生懸命追いかけて、いつの間にか自分はすっかり変わってしまった。

地道に努力できるようになったし、努力できることで自信もついた。自分で決めて、自分で選ぶこともできる。

テキストをめくり、怜王はシャープペンシルを握り直した。

もうお願いするのは嫌だ。同情されるのもごめんだ。

あの人を好きになって、こんなふうに自分を大切にできるようになった。

ないがしろにされたり、雑に扱われたり、そんなのはもうまっぴらだ。これ以上傷つくのも嫌だ。

テキストを押さえていた手に、ぽたっと雫が落ちた。

自分がずっと傷ついていたのだと、怜王はとうとう認めてしまった。

ずっと傷ついていたし、もうこれ以上傷つきたくない。

なによりも、自分を傷つけるあの人がやっぱり好きで、絶対嫌いになりたくなかった。

終わりにしようとはっきり決めたのは、引っ越し業者が荷物を運び出し、東屋に電話連絡を入れたときだった。

東屋は時間が合わず、荷物を出すのに立ち会えないので、怜王が代わりに対応した。

業者が荷物を運び出しているのを見ると、ここに越して来たときのことを思い出してしまう。

まだ怜王はキャバクラのボーイをしていて、新しい生活が始まるのだとわくわくしていた。

感傷的になりたくないのに、全部の作業が終わって、たった一人でがらんとしてしまった部屋にとり残されるとたまらなくなった。

東屋には、なにかあったら連絡してくれと言われていて、それはつまり用事がない限りわずらわせるなという意味だ。

わかっていたが、どうしても声がききたかった。

『なにかあったのか?』

ちょうど昼過ぎだったから、少しくらいは話せるだろうと思っていたが、東屋はせっかちに訊いてきた。

「あ、ううん。ちゃんと荷物出せたから、その報告だけしようかなと思って」

『わざわざ電話しなくていいのに』

舌打ちしそうな苛立った声に、怜王はスマホを握り直した。

「ごめん、忙しいのに。あの…」

『悪い、切るぞ』

後ろから東屋を呼ぶ声がして、通話は唐突に切れた。怜王はしばらくスマホを耳に当てたまま、じっとしていた。

腹は立たなかった。

声がききたかっただけだから、その目的は果たせた。

スマホを耳から離し、しばらく画面の東屋圭吾、という名前を見つめた。

もう終わりにしよう。

彼を好きになったからこそ、彼と別れる決断ができた。

スマホの画面が暗くなり、東屋圭吾という名前が見えなくなった。

## 8

東屋が新卒で入社した大手不動産会社は、福利厚生が充実していた。

特に早期離職を防ぐため、若手社員の住居環境にはかなり手厚い。自社所有ビルの賃貸物件を社宅として貸与していて、東屋の同期などは「絶対転職してやるってむかついてても、家帰ったらまあしょうがねえかって気になるからなあ」とまんまと総務部人事課の思うつぼにはまっていた。

東屋自身は、社宅に入るのは今回が初めてだった。

独身寮という名目だが、都心が一望できるハイグレードマンションで、地下二階から四階までは商業施設が入っているし、地下はメトロと繋がっていて交通アクセスも抜群だ。引っ越ししてまず考えたのは、夜景に怜王がはしゃぐだろうな、ということだった。1LDKでさして広くないが、二十二階の眺望は今までの庶民コーポと比べるべくもない。

それなのに、肝心の怜王がいない。

新しい住居に帰宅するようになって今日で半月が経った。タッチキーで玄関を開錠すると、センサーで明かりが灯り、全室の空調が稼働を始める。

スーツを脱ぐときにポケットからスマホを出して見たが、今朝怜王に送ったメッセージに、やはり反応はなかった。東屋はスマホを充電器に突っ込んだ。

ブロックされているのだ、とまだ認めることができないでいる。

転勤が決まったとき、東屋は真っ先に怜王のことを考えた。ほぼ毎晩一緒に過ごしていて、感覚的には同棲しているようなものだったから、誰より先に転勤になったと報告したし、あまり残念がるようならいっそのこと二人で住める物件を探してもいいか、と考えていた。が、怜王は驚いていたがそれだけで、「なら俺も一緒にいく」と言い出すんじゃないか、という予想は外れた。当然東屋一人で引っ越しするんだろう、というように転居先を訊かれ、まあ遠距離になるというほどでもないし、ついてこいというのも身勝手だよな、と思い直した。

独身寮の申請をして、引っ越しの手はずを整えたタイミングで「俺も引っ越ししようかな」と言い出したときは今ごろかよ、とちょっと腹が立った。が、もう申請を出したあとだったし、どちらにしても新しい部署に落ち着いてからだ、と話をするのは先延ばしにした。変だな、と思ったのは転居して三日目、一度も怜王から連絡が入っていないと気づいたときだ。

昇進に伴う異動ということで気を張る場面が多く、正直、怜王のことは後回しになっていた。

怜王も気を遣って遠慮しているのだろう、なにげなく「眺望いいぞ」と室内の写真を撮って送った。すぐ通話が来るかと思ったが、送ったメッセージは翌日になっても既読にさえならない。そのあと何回か送ったメッセージも同様で、最初はスマホの調子が悪いかなにかだろうと思い、次に病気で寝込んでいるんじゃないかと心配になった。

それにしてもトークアプリに返信するくらいはできるはずだから、やはりスマホの不具合だろうな、と自分も親戚の子どもに壊されたことを思い出して結論づけた。

そのうちなにか言ってくるだろう、住所は教えているから勝手に来るかもしれない、と忙しさにまぎれて放置しているうちに十日が過ぎ、さすがに本格的に心配になった。が、休日にまで雑用がたてこみ、様子を見にいくだけの時間がとれない。

それでもまだその時点では、まさか怜王が自分の前から姿を消してしまうとは夢にも思っていなかった。

それほど怜王が自分にべた惚れなのだと自惚れきっていた。

やっとの思いで時間をつくり、電車を乗り継いでコーポに向かったのが昨日のことだ。急病で倒れてるんじゃないのか、突発的な事故かもしれない、とだんだん悪いほうに考えが傾いて、駅からの道は小走りになった。

そして自分の部屋と怜王の部屋、並んだ二部屋がどちらも空き部屋になっているのに唖然とした。

管理会社に確認すると、怜王は東屋が退去したわずか三日後に引っ越ししていた。

どういうことなのかわからず、怜王の勤務していたマクロビカフェにいってみたが、そこもすでに辞めていた。

そこでようやく怜王は自分の意思で姿を消したのだ、と認識した。トークアプリが反応しないのも、いくら電話をしても出ないのも、つまりはそういうことだ。

昨日はただひたすら唖然としていたが、一日経って疑問ばかりが押し寄せる。

こうなってみて、怜王と連絡のとれる知り合いが一人もいないということに気がついて、東屋は困り果てていた。

夕食は済ませてきたのでひとまずシャワーを浴び、東屋はスマホを手にとった。髪を拭きながら、怜王との今までのやりとりを表示させてみる。

隣に住んでいて、最後のほうはほぼ同棲だったこともあり、トークアプリはもともと連絡手段としてしか使っていなかった。引っ越し直前も「合鍵は管理会社に返却しました」「最終確認は午後四時になったのでよろしく」などという用件の伝達ばかりだ。最後に怜王から来たのは着信で、通話時間は一分ほどになっている。

東屋は髪を拭いていた手を止めた。

最後に怜王から通話がかかってきたとき、東屋はオフィスにいた。引っ越しは完全に業者任せだったので、朝コーポから出社して、夜には荷物の入ったマンションに帰る手筈だった。業者の対応は怜王がしてくれて、無事搬出が終わった、という報告だった。

会議の直前だったのもあって、東屋は雑に応じた。連日の引き継ぎや研修、新しい部署に移る準備などで睡眠時間さえ削られていて、いろいろ余裕がなかったのもある。急いでるから、とさっさと切った。

今になって思い出した。怜王はもっとなにか言いかけていた気がする。

タオルを首にひっかけて、東屋はスマホを握り直した。無駄だと思いながら怜王にメッセージを送り、電話をかける。反応はない。

「くそ」

他になにもあてがなく、東屋は怜王と唯一面識のある幼馴染みのアイコンをタップした。こっちはすぐに応答した。

『おう、圭吾か。引っ越し終わったかぁ？』

そのいつもと同じ口調に、意味もなくほっとした。

「ああ、やっと片づいた。駅直結はやっぱり楽だな」

『だろうなー、羨ましい。今度泊めてよ』

この会話の相手が怜王でないことが納得いかない。

「ちょっと訊きたいことがあるんだけどな」

うまい切り出し方がわからず、怜王が突然姿を消したがなにか知らないか、とストレートに訊いた。鳩村は驚いていたが、すぐにやや声のトーンを落として、『怜王君とはやっぱりつき合ってたの？』と訊き返してきた。

「まあな」

隠すつもりはなく、ただわざわざ報告するのが気恥ずかしかっただけだが、当然わかっているだろうとも思っていた。

『じゃあ、それはつまり、ふられたってことなんじゃないの？』

鳩村が気の毒そうに言った。

「は?」

『だからさ、普通に考えて、圭吾ふられたんだよ』

「俺が?　なんでだ?」

そもそもなにも言わずに姿を消すなんてありえない、と反射的に声を荒らげかけて、最後の電話を思い出した。

怜王はなにか言いかけていた。会議に気をとられて、話の途中だったのに切ってしまった。

『あ、でも』

鳩村が急に思い出した、というように声を跳ねあげた。

『サンプル持って来てくれたときにメシ食って、怜王君に奥平さんのこと訊かれたんだった』

「保美?　なんで保美が出てくるんだ?」

『東屋さんの元カノってどんな人でしたかって訊かれてさ。卒業のときに別れたんですよね、って言うから、ついそういう約束だったからねって言っちゃったんだよ。ごめん』

驚いたが、保美と別れた経緯はその通りだし、隠さなくてはならないようなことでもない。大学卒業で別れたことは怜王も知っている。

「本当に、俺がなにをしたんだ?」

『なにもしてないからふられたんじゃないの?』

鳩村がいつもの柔らかな物言いで辛辣《しんらつ》なことを口にした。

『怜王君がべた惚れだからっていい気になって、好意にあぐらをかいてたから愛想つかされたんだよ』

「はあ?　俺がいつそんなことしたよ」

『知らないよ。僕はただそうなんじゃないのって憶測言っただけ。なんで急に消えたのか、そんなの本人にきくしかないでしょ』

それはその通りだ。

通話を切って、東屋は湿った髪をもう一度タオルでがしがし拭いた。まだカーテンのついていない窓が暗い鏡になっている。不機嫌そうな自分の顔が目に入り、嫌になって窓に背を向けた。

あんなに毎日好きだ好きだとくっついてきて、楽しそうに笑っていて、不満があったとは思えない。そもそも不満があるなら言えばいい、と思考は同じところをぐるぐる回った。鳩村の「ふられた」という説をどうしても受け入れられない。

とにかくもう一回会って話がしたい。

なぜこんなふうにシャットアウトされたのか、その理由をききたかった。が、新たに任された業務と連日の会議に休日出社を余儀なくされ、やっと身動きがとれるようになったのは五月に入ってからだった。

いろいろ考えた末、東屋は実家のほうから手を回し、コーポに入居したときの怜王の契約書の写しを手に入れていた。

実家が下町らしいということはなにげない会話の端々で知っていたが、住所はもちろん、具体的な場所もそれまで東屋は知らなかった。訊かなかったからだ。

ふと、怜王がよく東屋のことをあれこれ知りたがっていたことを思い出した。毎晩狭いベッドでくっついて寝て、眠るまでの短い時間、怜王はなんでそんなことまで知りたいんだ、と呆れるような些細なことまで質問してきた。

——好きな人のことなら、なんでも知りたいもんじゃない？

でも、俺は訊かなかった。

今ごろになって自分の傲慢さに気づき、鳩村の言ったことが正しかったのか、と東屋は初めて自分を振り返った。

怜王は鳩村とも快く交流してくれたのに、自分は彼の友人の名前すら知らない。一度、友達に呼び出されて出ていった怜王に、昔の悪い仲間だと決めつけ、心配になって追いかけたことがある。

あのときも、相手の男を一方的に敵視して、追い払うことしか考えていなかった。

今思えば、怜王を簡単に呼び出す男に嫉妬していた。その癖、それを自覚すらしていなかった。

考えれば考えるほど自分の非が見えてきて、嫌になる。

でもなにも言わずに去ってしまったことが、どうしても呑み込めない。

とにかく、なんとかして怜王に会いたい。会って話がしたかった。

五月の初め、東屋は怜王が緊急連絡先にしていた祖母の店を訪ねた。電話は通じなかったが、店はちゃんとあった。

昭和で時が止まったようなうらぶれた駅前から、ひとつ奥に入ると急に人が増えて驚いた。怜王と知り合った歓楽街は若者の街だが、ここは中高年のほうが多い。スナックが開く時間を見計らって来たが、塗装の剥げたドアにはまだクローズの札が下がっていた。

「すみません」

一応声をかけてドアを押してみると、意外にも開いて、カウンターに小柄な女性がいた。怜王の祖母だと一目でわかった。涼やかな目元や、ふっくらとした唇がそっくりだ。若作りで驚くよ、と言っていたが、巻き髪やワンピースなど、確かに若い。

自分の母親と同世代なのか、と驚きながら東屋は名刺を出して、怜王の知り合いだと告げた。

「借金なら本人にとり立ててよ」

祖母は名刺を一瞥《いちべつ》するなり嫌そうに顔をしかめた。

「いえ、そんな用事で来たわけではありません。怜王さんは、最近、こちらには？」

「正月に来たっきりで、どこにいるのかあたしも知らないのよ」

あからさまに迷惑そうにされ、「もし連絡があったら」と名刺を置いてくるのが精いっぱいだった。

店舗つき住宅が並ぶ細い路地は、そろそろ看板ネオンがあちこちで点灯し始めていた。スナックを出て、なんとなく二階を見あげた。小さな子どもが生活するのに、あまりいい環境とは思えない。でもあの怜王が育ったところだ。小さな怜王が路地で友達と遊んでいるところを思い浮かべると、案外のびのびと暮らしていたのかもしれない、と思う。怜王は根本のところがおそろしく強靭《きょうじん》だった。多少のことがあっても歪まない。そもそも子どもにとってのいい環境というのはなんだ。

東屋自身は、自分の実家に複雑な感情がある。

七歳上の兄と、三つ上の姉がいて、親族含めて家父長制の価値観が根強い。なにをするにも兄が優先で、兄より目立つことはすべて「生意気だ」と断じられた。

地元では東屋という名前はある種のステータスだったが、そのぶんいつも言動には責任が伴った。単なる地方の一企業ではあっても、関連企業も含めれば万単位の人生に関わるのだと小さい頃から繰り返し言い含められてきた。

常に胸になにかがわだかまり、けれどそれを相談する相手もいない。そもそも自分がなになにに苛立っているのかもはっきりしなかった。

進学で地元を離れ、ようやく息をするのが楽になった。

兄より偏差値の高い大学を受験することも止められたが、地元から出られればそれでよかった。

東屋本家の次男、どこにいっても注視され、言動の一つ一つをあげつらわれる鬱陶しさからはやっと解放されたが、だからといってすぐには意識は変わらない。

怜王に「水商売の人間、見下してるだろ」と指摘されたとき、東屋は猛烈な反発を感じた。

周囲に距離を置かれ、勝手に持ちあげられては遠巻きにされてきたことを、東屋はずっと心のどこかで怒っていた。

おまえに糾弾《きゅうだん》される謂《いわ》れはない、と腹が立ったが、一方でただ怒っているだけの自分にも気づかされた。

怜王は屈託がなく、自由で、人懐こく、東屋が無意識に求めていたものを全部持っていた。

出会った当初は呆れることの連続で、自分とは倫理観も常識もまったく合わない、と腹をたててばかりいた。それなのに、不思議と嫌いにはならなかったし、一緒にいると呼吸が楽だった。

女性から向けられる好意には、いつも打算が見え隠れしていた。「東屋本家」のステータスと少しばかり見栄えのする外見、それだけだ、と虚しかった。たぶん純粋に想いを寄せてくれた人もいたのだろうが、当時の東屋にはただただ面倒でわずらわしいだけだった。

――東屋さん、大好き。

怜王は裏表がなく、素直で、正直だった。そう思っていた。

「なんでだよ」

黙って消えてしまった怜王に、最後の最後で裏切られた気分だ。

腹が立つし、がっかりした。

でも、やはり嫌いになれない。

他にすることもなくて、電車を乗り継ぎ、怜王と隣同士で住んでいたコーポに寄ってみた。

駅前から踏切を渡って緩い坂を上ると、見慣れた三階建てのコーポが見えてくる。一階の一番端、ずっと東屋が住んでいた部屋はカーテンもなく真っ暗だが、その隣は思いがけず明かりがついていた。

なにか考える前に、東屋は走り出していた。東屋が退去してすぐ怜王も引っ越したと管理会社から報告をきいていたのに、知っていたのに、それでも衝動に衝き動かされて、全力で走った。

「怜王」

アスファルトを蹴り、坂道を上り切ってコーポの敷地に入ると、息を切らして怜王の部屋だった窓を見た。

知らないチェックのカーテンがかかっていてもまだ諦めきれず、入り口のメールボックスを確かめた。管理会社が作ったローマ字の表札は、TUBAKIからISIDAに変わっていた。

ふられたんだよ、という鳩村の言葉が、ようやく事実として胸に落ちてきた。自分の荒い息をききながら、東屋はしばらくそこに佇んで、それからゆっくり来た道を引き返した。

怜王は自分に愛想を尽かして去ってしまった。

それならそれで、本人の口からちゃんとききたかったが、それも自分の都合だ。

怜王が自分の意思で去ったのなら、深追いすべきではない。

そう結論づけて、東屋は怜王を探すのをやめた。

もし会う気になってくれれば、向こうからはコンタクトをとれる。祖母のところや以前働いていたカフェやキャバクラにも出向いて、探している、という意思表示はした。その過程でも自分が怜王について知っていることの少なさに愕然とした。職場の話はきいていたはずなのに、親しくしていた同僚の名前さえ覚えてない。だから彼は去ったのだと改めて理解した。

——東屋さん、大好き。かっこいい。えっちしよ。

自分ではまったく気づいていなかったが、あまりに怜王が全身で愛情を示してくれていたから、それが当たり前になっていた。

髪を黒くして短く切ったとき、うなじの白さにどきっとしたし、箸の持ち方を教えたときには指の動きの意外な優雅さに驚いた。でも一度もそんなことは口にしなかった。

大好き、と抱きついてくる怜王が可愛くて、でもわざとそっけない態度をとった。感情をあらわにする習慣がなかったし、差し出される愛情はいつも半分に受けとる癖がついていた。

後悔しても、もう彼はいない。

幸い新しい部署での業務が忙しく、仕事に打ち込んでいるうちに一つ季節が過ぎた。

以前所属していた法人営業部は個人の成績で評価されたが、再開発事業部は基本的にチームで仕事をする。

自分のコミュニケーション能力はやや問題ありだという自覚があったが、梅雨があけるころにはようやくひととおりの業務を経験し、やっていけそうだという見通しがたってほっとした。周囲の助けあってのことだが、東屋はひそかにこれは怜王の影響だな、と感じていた。

人の好意をそのまま受けとれるようになり、身構えることが各段に減った。自分では意識していなかったが、怜王が消えて、初めて彼の影響を感じた。

失ってしまったものはとり返しがつかない。せめて彼から得たものを大事にしようと考えているうちに夏が過ぎていった。

久しぶりに集合しようぜ、と大学時代のゼミ仲間から連絡が来たのは、八月の最後の週末だった。

怜王の不在を思い知らされる暇な時間はできるだけなくしたくて、東屋は二つ返事で出かけていった。学生時代からゼミで集まるといえばそこ、という庶民的な居酒屋だ。

「東屋、こっち」

「久しぶりー、東屋君」

通路を挟んで左右に小あがりのある店で、見知った仲間が一番奥の座卓をふたつ占領している。

「こんばんは」

思いがけない人が、遠慮がちに笑顔を浮かべた。保美だ。来るとは知らなかったので、驚いた。

「久しぶりだな」

彼女は関西出身で、卒業して地元に戻っている。同窓会などでは顔を見せるが、今までこうした集まりに参加することはなかった。

「こっちに用事があって、あすかちゃんと会ったら今日みんなで集まるっていうから図々しく参加しちゃった」

「図々しくってことないでしょ～、保美も同じゼミなのに」

「そうそう、つい東京組だけ声かけてぱぱっと集まっちゃうから、ごめんね～」

今回はいつになく女子の参加率が高いのは、保美が上京していたこともあるようだ。迷ったが、避けるのも変なので空いていた彼女の隣に座った。すでに最初の注文は終わっているようで、テーブルには飲み物や簡単なつまみ類が並んでいる。

「ありがとう」

保美がビール瓶を手にしたので、グラスに注いでもらった。手に結婚指輪が光っている。他につけているアクセサリーは小さなネックレスだけで、着ているものも地味なワンピースだ。学生時代から万事に控えめな人だったが、今もそれは変わらないようだ。

「圭吾、元気そうでよかった」

「保美も」

卒業を機に別れ、彼女が地元で見合い結婚をしたのはみな知っている。ほんの一瞬注視されているのを感じたが、言葉を交わすとみなほっとしたように雑談を始めた。保美と目を見交わして苦笑する。

彼女とは恋人というより同志だった、という感覚が強い。

彼女も地元企業の創業家出身で、なにも言わなくても通じるものがあった。つき合うようになったのは彼女からの申し出で、卒業したら見合いで結婚すると決まっているから、せめて学生の間くらいは自由でいたい、というのに共感した。

ちょうどその頃、兄も見合いで結婚していた。

長男優遇の環境の中、あらゆる面で押さえつけられ窮屈でたまらなかったが、気が進まない結婚をする兄を見ていると複雑で、それが彼女の境遇とも重なった。

とうとう圭吾も彼女ができたのか、と冷やかしてくる鳩村にだけ、なにかの拍子に彼女とは卒業までの約束でつき合っていると話してしまい、同情なのか？　と訊かれたことがあった。ひとことで言い表せる感情ではなかったが、そうかもな、とだけ返した。

そのとき、誰に対する同情なんだろう、とふと考えた。いつまでも古い価値観にとらわれてしまう自分自身に対する同情も、入っていたのかもしれない。

女子の参加率が高いせいもあってかいつもより座が盛りあがり、二次会いこうぜ、と予定より早く店を出た。

「圭吾、雰囲気変わったね」

保美は最終の新幹線で帰る予定だというので、一旦みんなと別れて駅まで送ることにした。並んで歩きだすと、保美がしみじみと呟いた。

「そうか？」

「言われない？　壁がなくなった感じ」

そう言う保美も、以前の頑なさがなくなった気がしていた。

「結婚したら、拍子抜けするくらい気持ちが楽になったの。お見合いで、最初からさほど期待してなかったのもよかったのかな。わりといい人なの」

「よかったな」

「うん。ありがとう」

ゆったりした笑顔に彼女の結婚生活が垣間見える。

「圭吾は？」

当然いるだろう、というように訊かれ、東屋は苦笑して首を振った。保美が首をかしげた。

「そうなの？　絶対誰かいい人できたんだなって思ったけど。あすかちゃんたちもさっきそう言ってた。東屋君絶対いい人いるよね、感じ変わったって」

「ふられたんだ」

え、と保美が目を見開いた。

「そんな驚かなくてもいいだろ」

「ごめん。でもびっくりした。圭吾がふられたっていうのもだけど、そんなふうに言っちゃうのも」

「そっちか」

つい笑ってしまったが、弱みをあっさり晒せるようになった、というのは自分でも思っていた。昔は人に頼ることも苦手だった。その自覚すらなかった。思い当るのは、やはり怜王の存在だ。

思えば怜王とは最初から素でいられた。柄の悪い水商売の店員だと思ったが、人懐こい仔犬のようで、なぜか気を許してしまった。そうでなければ、いくら酔っ払っていてもあんな事故は起こさない。

あの朝の驚きは、今でもときどき思い出す。そしてあとから怜王が企んでいたことも薄々察した。怜王は悪いことをした、と思っているフシがあったので改めて蒸し返すことはしなかったが、東屋は妙に納得していた。相性というのは確かにある。

「それじゃあ、またね」

駅が見えてきて、保美が足を止めた。

「元気で」

「うん、保美も」

持ってやっていたボストンを手渡し、東屋はふと彼女と別れたときのことを思い出した。

あのときも、こうして駅まで送っていって、ここで別れた。

つき合っていたのは一年半ほどで、恋人というには淡々とした関係のまま終始したが、それでもお互いに特別な感情は抱いていた。

本当は引き留めてほしいんじゃないか、と感じていた。でも東屋はそうしなかった。最初から卒業までという約束だったし、彼女が背負う責任のことも承知していた。別れた当初は寂しかったが、それは学生時代を共有した他の友人たちに対するものとさして変わらないものだった。たぶん、彼女のほうでも同じだっただろう。

「――怜王」

保美とは、なにが違うのだろう。

不在に慣れるどころか、なにかにつけて思い出す。

自分はこんなに未練がましい男だったのか。

いつかは忘れる、痛みも去る。そう思っていた。

本当に？

雑踏の中、東屋はぼんやりと立ち尽くした。

会いたい、という欲求が、突然全身を揺さぶった。

――怜王に会いたい。

嵐のようなその欲求に、東屋は息を呑んだ。

東屋さん、と笑ってくっついてくる身体を抱きしめたい。

くだらないことで文句を言い合い、ささいなことで笑い合い、そして一緒にベッドで眠りたい。

会いたいと思い出したら止まらなくなり、東屋はスマホを出して怜王の名前を表示させた。どうせ通話はつながらないし、メッセージは返って来ない。トークアプリの画面にはこちらからの不在着信だけが残っている。

椿怜王、という名前を数十秒見つめ、それから東屋はのろのろと一番仲のよかった友達に「急用ができたから今日はこれで」と断りを入れた。今会いたいのは怜王だけだ。

でも、もう怜王はいない。

今ごろ、どこでどうしているんだろう。

スマホをポケットに入れると、東屋はため息をついて歩き出した。このところ夜になっても気温が下がらず、シャツが汗で背中に張りついて不快だった。

どこにいく気にもなれず、空調の効いた部屋に戻ってやっと人心地がついた。マンションのエントランスキーを解除すると空調が作動するようにセットしているので、中層階の商業フロアにあるコンビニで飲み物を買って帰ると部屋は適温になっている。怜王が知ったら「すごい！　未来！」と大喜びするだろう。でも、怜王はいない。夜景も、設備のいいキッチンも、シックな内装も、怜王がいないなら意味がなかった。

そういえば、そろそろ高認試験の結果が出るころだ、と東屋はパソコンデスクに座った。今年は日程変更で前倒しになったから、と怜王は一生懸命学習予定を組んでいた。

怜王が申し込んでいたオンラインの学習サイトを見ると、やはり合格発表が行われている。東屋は少し考えて、怜王の名前を打ち込んだ。IDとパスワードを要求され、まずメールアドレスを入れて、6文字の英数はなんだろう、と考えた。

怜王の使いそうなパスワード…名前のＲＥＯとコーポの部屋番号を組み合わせた。弾かれたので、次に部屋番号を自分の部屋のほうに変えてみた。

「お」

たった二回の試行で開いた。

社会人用の専門学校が提供しているサイトで、自分の取得したい資格を入力すると、逆算して学習スケジュールを作成したり、同じ受験生同士で交流できる。さらに受験番号を登録しておくと合否の結果も表示されるようになっていた。

試験を放棄したりはしていないだろうが、結果は心配だった。

「――よし」

思わず声が出た。前回はだめだった単位もすべて合格している。ほっとして、それから怜王の顔を思い浮かべた。

今ごろ一人で喜んでいるだろうか。

それとも、誰かと一緒だろうか。

怜王が知らない男といるのを想像するだけで不快な気持ちが湧きあがる。

東屋はたった二回の試行で開いたアカウントを眺めた。

どうしてか、怜王のしそうなことが東屋には予想できた。隣同士で住んでいたときも、怜王が失くしたものはだいたい東屋が見つけてやった。怜王は不思議がっていたが、スマホも家の鍵も財布もパスケースも、怜王がどこに置き忘れるか、行動を想像すれば簡単にわかった。シンクの上、ベッドの枕の下、家の鍵をスニーカーの中から引っ張り出したときには「怖っ」と引かれた。

「なんでわかったの？」

「今日、ショートブーツ履いてただろ。手に握ってジッパーあげて、そのとき横のスニーカーの中に落としたんだ」

「ひえっ、エスパーかよ」

そんなやりとりも思い出した。

なぜか怜王の行動が手にとるようにわかる。

好きな人のことならなんでも知りたいもんじゃないの？　と怜王は言った。

同じように、好きな人の行動は観察していていれば予想がつくものだ。

怜王のしそうなことはわかる。

いつも見ていたからわかる。

東屋はパソコンの画面に目をやった。怜王はよくこのサイトを見せてくれた。見て見て、と進捗を自慢していた。

突然目の前からいなくなってしまい、理由もわからず混乱した。でも、怜王の行動の予想なら、今でもできるはずだ。

怜王に去られて、相当ダメージを受けていた。立ち直るのに時間がかかってしまったが、気力が戻って今更ながら闘志が湧いた。

唯一自分の予想外のことをした、その理由をきくまでは諦められない。そもそもちゃんと好きだとも言っていない。

「——え？」

東屋は顔をあげた。

そうだ、一度も言っていない。記憶を辿ってみて、唖然とした。

怜王の好意の上にあぐらをかいて、自分はなにひとつ意思表示をしていなかった。

9

いらっしゃぁい、という高い声が、東屋の顔を見て「あら」と萎《しぼ》んだ。

「そんなにあからさまにがっかりしなくてもいいでしょう」

「別にがっかりしてるわけじゃないけど」

怜王の祖母は今日もしっかり若作りをしてカウンターの中にいた。

初めてここを訪れたのは五月の初めで、怜王の借金のとり立てに来たのだと誤解されて追い返された。

そのあと怜王を絶対に探し出すと決意して、東屋はすでに何度も足を運んでいた。

「他のお客さんが来たらすぐに帰りますよ」

「そうしてね。あなたいると常連さんが居心地悪いから」

客層が違いすぎるから迷惑なの、とはっきり言われたが、気にせず「怜王から連絡はありましたか?」ときき込みの警察さながらのいつもの台詞を口にした。

「あるわけないでしょ」

にべもない返事をしながら、それでも東屋が貢物として入れたウィスキーボトルを出してきた。もう十月も半ばを過ぎ、祖母のネイルはハロウィンを意識したデザインになっている。

「でも、怜王はあなたから逃げてるんでしょ。悪いけど、あたしも孫を売る気はないのよ」

売るってなんだよ、と心の中でツッコミを入れながら、東屋はまず水を口にした。

「それは承知してます。ただ俺が本気で探してるっていうのが伝えられればいいので」

怜王の祖母がうぅーん、と唸った。

彼女は最初は東屋のことを借金とり、次に怜王のやばい元カレ、と認識していた。

初めてここに探しに来たときは、まだ怜王が自分の前から姿を消してしまったことが呑み込めず、名刺を渡しただけだった。が、次に足を運んだときは「絶対に探し出す」と気持ちを固めていたので、頼み込んで目の前で怜王に電話をかけてもらった。出ない、というのでもし折り返しが来たら、と高いボトルを入れて伝言も頼んだ。

怜王は翌日「なんかあった?」と折り返して来て、東屋という男が探してる、と祖母が伝えると「へぇ、わかった」と返事をしたという。

が、東屋のところに連絡は来なかった。

「もし次に電話が来たら、待ってると伝えてください」

自分も数々の修羅場を経験しているであろう怜王の祖母は、最初のうちはあからさまに東屋を警戒していたが、諦めずに足を運ぶうちに少しずつ態度を軟化させ、このごろでは多少同情を見せるようになった。

「あなた堅い勤めのいい男だし、あたしの長年の勘じゃ外面だけのDV気質でもなさそうなのに、なんで怜王はこんないい男ふったんだろ。他に男できたのかなあ」

その可能性は、もちろん考えている。

「でもさ、何回も言ってるけど、怜王探すんならここ来ても無駄よ。もともとなにか困ったときにちょっと泊めてって二階に来て、いつの間にかいなくなってるって感じだったし、それもあんたが探しに来てるの知ってたら、ここには寄りつかないでしょ。他に心当たりないの？」

「保育園ですね」

「保育園？」

怜王は保育士を目指そうかな、と言っていた。

「ああ、確かに怜王は小さい子に懐かれる性質だったなあ」

怜王の祖母はふうん、と東屋のグラスに氷を入れた。

「まあそっちも正直、手詰まりなんですが」

都内の認可・無認可の保育園や保育施設で、アルバイトを雇いそうなところをリストアップしてみたが、とても潰しきれない数になった。

「引っ越し先はわからないのよね？」

さっさと帰れ、という態度だったのが、このところはこうして話に乗ってくれる。

「レンタカーを借りて、運転は友達に頼んだみたいです」

どこに引っ越ししたのかわからないが、手っとり早く生活を軌道に乗せようと思えば水商売を選ぶだろう。住居つきでその日払いをしてもらえるし、経験もある。そうなるともう東屋にはお手あげだった。

それなのに、怜王が保育士を目指しているというイメージがどうしても消えない。勝手な思い込みだろうと冷静にジャッジする自分もいるが、そんなことはない、ともう一人の自分が頑なに反論し、そして東屋はもう心を決めていた。

見つけるまでは絶対に諦めない。

「怜王に箸の使い方教えたのって、もしかして、あなた？」

「え？」

煮物の突きだしを出してくれたので箸をとると、怜王の祖母がふと東屋の手もとを見やった。

「正月に帰って来たとき、えらく食べ方が上品になってて、どうしたのよってびっくりしたら、彼氏に箸の使い方教えてもらったんだよって得意げに言ってたのよね」

「俺ですね」

「ふーん…」

怜王に教えてよ、と言われるまで、箸使いなど気にしたこともなかった。怜王は妙に熱心に持ち方を練習しては「すごい！　つまめる！」と小さな食材をつまんで感激していた。

なにげなく過ごしたあれこれを、ふとした瞬間に思い出す。

怜王は正月休みをとても楽しみにしていた。仕事の休みが重ならないので、丸一日一緒に過ごせることがなかったからだ。

近所の神社に初詣にいっておみくじを引き、帰りにカフェに立ち寄った。たったそれだけだったのに、ずっと浮かれていて、こんなに喜ぶのなら帰省なんかせずに、暮れから一緒にいればよかったなと思った。でも、やはりそんなことは口にしなかった。

あのとき引いたおみくじは、東屋が大吉で怜王が末吉だった。

がっかりして、東屋のおみくじを羨ましがるから「とり換えてやるよ」と交換して神社のみくじ掛けに結んだ。

交換なんかして、神様怒らないかな？　と気にしつつ、嬉しそうだった。単純だなと思ったが、あれはとり換えてもらったこと自体が嬉しかったのかもしれない。

怜王は「待ち人来ず」を気にしていた。

とり換えてしまったから、東屋の待ち人は来なくなってしまったのか。

「それじゃ、また」

店のドアが開いて、作業着姿の男が二人賑やかに入って来た。東屋はさりげなく席を立った。

「またいらっしゃいね」

初めてこんな言葉をかけてもらった。

「また来ます」

すっかり辺りは暗くなり、ネオンがわびしい光を放っている。東屋は駅に向かいながらスマホを出した。

この数ヵ月、空いた時間はぜんぶ怜王を探すことに使っていた。スマホに読み込ませておいた夜間保育の一覧を表示させる。怜王の行動をできるだけ推論し、条件や可能性を検討して、水商売の女性が利用する無認可保育を中心に潰していくことにしていた。

「そちらに椿怜王さんという方は勤務されていませんか？」

通りかかったカフェに入ると、リストの上から一件ずつ在籍確認の電話をかけた。

雲を掴むようなことをしている、という自覚はある。でも虚しいとは思わなかった。現時点で怜王はまだ保育士の資格は持っていないはずで、昔のキャバ嬢や水商売の仲間が利用している施設にアルバイトで雇ってもらう、というのは一番ありうるルートに思えた。

『椿怜王ならおりますよ』

「え？」

今日はこれで最後にしよう、と思ってかけた先だった。

その日も手ごたえのないままリストに従って電話をかけていたので、無造作なその返事に、きき間違いか、と思った。

「椿さん、いるんですか？」

『はい』

驚いて声が上ずった。電話の向こうでは小さな子供がはしゃいでいて、相手は声を張りあげた。

『パートで来てもらってます。今日はお休みみたいですけど』

「わかりました。ありがとうございます」

とうとう見つけた、と東屋は前のめりでリストの名前を確かめた。

「そちらは『曙《あけぼの》ベビー&キッズルーム』で間違いないですね？」

『はい、そうです。――あ、ごめんなさい』

早口で念押しすると、急に向こうはトーンダウンした。

『椿は先週で辞めました』

「は？　辞めた？」

期待で胸を高鳴らせたぶん、落胆は激しかった。

『すみません、先週で契約が終わってました』

もともと期間契約で、知り合いからの紹介で補助を頼んでいた、という話をきき、がっかりはしたが、東屋は自分の推測が当たっていたことに自信を持った。

怜王はやはり保育士を目指している。

探す方向性も間違ってはいない。

初詣で引いた東屋のおみくじは「待ち人来たる」だった。怜王が羨ましがるのでとり換えてやったが、引いたのは自分だ。

怜王がすぐそこにいた、あとちょっとだった。

けれど、そのあと怜王は二度と東屋の網には引っ掛からなかった。


年々秋が短くなっていきますね、と朝のテレビニュースで気象予報士が嘆いていたが、確かにここ最近、夜は十一月とは思えないほど冷え込んでいた。

「みぞれにならなきゃいいですねえ」

オフィスを出て、エレベーターのボタンを押しながら、東屋の後輩が窓の外を見やった。今日は午後から崩れると予報が出ていた。ビルの間からのぞく空は緑がかって不穏な色をしている。

「天気悪いとたんにドタキャン増えるんですよねー」

今日は新しい再開発プロジェクトの移転説明会がある。司会進行役の後輩がため息をついた。

「まあ、気持ちはわかるよな」

「委任状さえきちんと出してくれるなら、説明会は欠席でいいですけどね」

春に異動してきたときは右も左もわからないまま大型案件に関わって大変だったが、今回は私鉄沿線の再開発事業で、規模も小さい。駅前施設の移転もすんなり決まった。

「個人営業のバーとか入ってる飲食ビルの建て替え移転やったことあるけど、あれは委任状とるのも大変だった」

あー、と後輩が共感の声を洩らした。

「癖の強いオーナー多いと苦労しますよね」

法務部から異動して間がなかったというのもあるが、自分の未熟な交渉を思い出すと恥ずかしい。怜王に出会わなかったら、もっと苦労していたはずだ。

「東屋さんってお休みのときはなにをしてるんですか？」

社屋ビルのエントランスでタクシーを待ちながら、天気の話から趣味の話題になり、後輩がふと訊いてきた。

「人探しだな」

「なんすか、それ。ゲーム？」

「難しいんだよ」

「東屋さんて攻略本とか見ないほうです？」

そんなものがあれば見たいくらいだ。

怜王を探し始めて、半年以上が過ぎた。

まったく諦める気にならず、こうなったらライフワークだな、とすら考え始めている。客観的に見てかなりやばい。が、気持ちは変わらなかったし、いつかは会えるはずだという根拠のない自信があった。

もしかしたら、もう彼には新しい相手がいるかもしれない。それでもよかった。探し始めた当初は、もう一度やり直したい、というだけの気持ちだった。

怜王の好意に甘えていたことを謝りたかったし、好きだと言葉で伝えたかった。

今もそれは変わらないが、怜王を探しながら、東屋は自分自身を確認しているような不思議な感覚にとらわれていた。

怜王に惹かれた自分、今も彼を求めている自分、ずっとないがしろにしていたのはその「自分」で、だから東屋は懸命に怜王を探し続けている。

説明会のために押さえた貸し会議室に着くと、すでにパイプ椅子や長テーブルが用意されていた。

「あー、緊張する。東屋さん、ほんとにフォローお願いしますね」

プロジェクターを準備しながら後輩が深呼吸をしている。東屋は出入り口で配布冊子と参加予定者の出欠リストを用意して、筆記用具もセットした。

今回の移転説明会は駅前の商業施設ビルに出店している企業や団体が対象だ。一階の大型店舗はすでに案内を終えていて、今日はペットのトリミングサロンやフラワーショップ、ブティックなどの個人営業の店舗が対象だった。東屋はリストの中にあるベビーホテルが気になっていた。

無認可で二十四時間保育を謳っている。今も怜王を探して在籍確認の電話をかけているので、つい「保育園」「ベビーシッターサービス」などの文字に反応してしまう。

一度ニアミスをしたものの、あれからはなんの手応えもなく、そろそろ別のルートも考えたほうがいいかもしれないな、と検討し始めていた。

心配していた委任状なしの欠席者はおらず、説明会はつつがなく進行した。ひそかに注目していたベビーホテルの説明会出席者は、四十代後半の女性だった。経営者か、事務の責任者だろう。声をかけたいところだが、さすがに公私混同するわけにはいかない。

これといったトラブルもなく、説明会は時間内で質疑応答まで終了した。

「本日は貴重なお時間をいただき、まことにありがとうございました」

後輩がマイクを持ってお辞儀をし、参加者も軽い会釈をしつつ腰をあげ始めた。

「お疲れさまでした」

出入り口のところで待機していた東屋は、一人一人に自社パンフレットとペットボトルの飲み物や個包装のお菓子をセットした紙袋を手渡した。

「本日はお時間いただきまして、ありがとうございました」

ベビーホテルの女性にも紙袋を手渡す。どうも、と受けとった女性が、ふと廊下のほうを向いた。あれ、というように目を見開く。

「椿クン」

え、と東屋もつられて女性と同じほうに目をやった。

「――え？」

無機質な廊下の向こう、エレベーターホールのほうから、若い男がこっちに歩いてくる。説明会の参加者とは逆向きで、壁に張りつくようにして人をやりすごしてからこっちを向いた。

パーカーにデニムのエプロンをつけてその上からブルゾンを羽織っている。見間違いかと目を疑った。怜王だ。

「先生、保護者の方から緊急のお電話が来てます」

怜王が遠くから、せっかちにベビーホテルの女性に声をかけた。

「怜王」

まともに目が合い、持っていた紙袋が足元に落ちた。東屋はその瞬間走り出していた。

「怜王！」

信じられない。でも怜王だ。

「え？」

「怜王！」

ダッシュして、ものの数秒で掴まえた。腕をしっかりと握ると、怜王は呆然として東屋を見あげた。

「ずっと探してた」

怜王はひたすら目を見開き、東屋を見つめている。

「――東屋、さん…？」

怜王が掠れた声で呟いた。

「な、なんで？　え？　ど、どうしてこんなとこで？」

「それはこっちの台詞だ」

東屋ははあっと息をついた。

「話があるんだ」

怪訝《けげん》そうな周囲の目に、東屋は慌てて怜王の腕を離した。今ごろ心臓が激しく打ち始めている。

「頼むから、逃げないでくれ」

深夜営業のレストラン&カフェは、居眠りをしている若いカップルや、タブレットで動画視聴している作業着の男などでぽつぽつ席が埋まっていた。

出入り口の自動ドアが開閉するたびに腰を浮かせていたが、とうとう待っていた人が入って来た。

店内を見渡していた怜王が気づいて、明らかに緊張した面持ちで近寄ってくる。

東屋はグラスの水を一口飲んだ。やたらと喉が渇く。

「怜王」

説明会のあとは直帰の予定だったので、怜王の仕事が終わるまで待つ約束をした。

今日は夜勤なので、と申し訳なさそうに言われたが、そんなことはまったく問題なかった。なにか事情がありそうだと思ったようで、話をきいていた「先生」が、今日は早あがりにしてもいいよと言ってくれ、ひとまずそこで別れた。

もう少しでいけます、とずっと反応のなかったトークアプリが数ヵ月ぶりに動いたときは感動した。

「すみません、待たせて」

怜王は少し髪が伸びていたが、変わったのはそれだけで、ブルゾンを脱いで向かいの椅子に座る様子を見ていると、この数ヵ月が夢のように思えた。

「仕事があるのに、無理させて、悪かった」

いいえ、と怜王が首を振った。

「今日は珍しく人手足りてたから。うち、保護者が日払い勤務の人多くて、預かる人数が

その日によって変わるんです」

話しぶりは変わらないようで、ぜんぜん違う。いや、出会った当初に戻ったのか。

「それにしてもすごい偶然で、びっくり」

「ああ」

ぎこちない笑顔に、怜王も距離感が掴めずに戸惑っているのがわかる。偶然、という言葉に東屋は自然に背筋が伸びた。確かに偶然だが、絶対に偶然ではない。

ずっと探していた。必ず会えると確信していた。

「俺も驚いた。でも、俺は探してたんだ。夜間保育とか、無認可保育園とか、片っ端から電話して、探してた。カメリアにも何回かいった」

カメリアは怜王の祖母のやっているスナックの名前だ。探してた、という言葉に、怜王が驚いたようにオーダー用のタブレットをとろうとしていた手を止めた。

「…ばーちゃんから、東屋って人が来た、っていうのはきいた、けど」

「頼んで怜王に電話かけてもらったんだ。そのあとも、時々いってる」

「そ、そうなの？」

怜王が今度こそ驚いたように目を瞠った。

「高認合格してたな。きっと保育士目指してるだろうから、どこかで働いてるかもしれないと思って、探した。曙ベビー＆キッズってところで期間契約で働いてただろ？　辞めたとこだって言われて、がっかりしたけど推測は当たってたから、いつか絶対見つかるって思ってた」

「――ごめん」

息を呑むようにしてきいていた怜王が、目を伏せた。

「本当に、ごめん。なにも言わずにあんなふうに逃げて、…怒ってるだろうなって、思ってた」

「いや」

突然なにもかもシャットアウトされて、わけがわからず困惑したし、確かに腹も立った。

「理由は、わかったつもりだ。俺が卑怯だったからだよな」

怜王がえ？　と目をあげた。

「そ、そんなことは――ないよ」

怜王は自分を落ち着かせるように額に手を当てた。

「なんか、びっくりしてて。こんなふうに会うとか思ってもなかったし、ずっと…探してくれてたとかも、思ってなかったから」

冷静に見えたが、声がだんだん動揺してきて、東屋は思わず自分のグラスを怜王のほうに押しやった。一瞬ためらったが、怜王はグラスの水を一口飲んだ。

「ありがとう」

「いや」

飲みかけの水を渡したこと、それを怜王が飲んだことで、ふっと空気が緩んだ。

「怜王」

「あの」

同時に話しだして、「あ」「うん」とまた同時に譲った。目を見交わして笑い、今度はどうぞ、と怜王が促したので、東屋は覚悟を決めた。

「怜王、——」

言おうとして、それがものすごく勇気のいることだと初めて気づいた。

好きだ。

たったそれだけを言うのに、こんなに勇気がいるのか。

人の心は気紛れだ。受けとってもらえるか、迷惑に思われないか、そんな思いが次々に湧いてくる。これを自分はずっと怜王に強いていた。

——東屋さん、大好き。かっこいい。えっちしよ。

あまりに軽く、楽しげに言うから、怜王の心の負担など考えもしなかった。

一度も意思表示をしない相手に、怜王はずっと言い続けてくれた。

「お待たせしました」

東屋が言い淀んでいるうちにコーヒーが運ばれてきて、タイミングを失った。

「――東屋さん、俺に箸の持ち方を教えてくれたでしょう」

怜王がミルクを入れてスプーンを手にとり、ふと思い出したように話し始めた。

「え？　ああ」

「俺、ちゃんと箸が使えるようになったの嬉しくて、保育園の面接で自己アピール求められたらいつもそれ言うんだよ。友達に箸の使い方教えてもらって、ちゃんと使えるようになりました。だから小さい子にお箸の持ち方教えるのも上手いと思いますって」

なぜ急にそんな話を始めたのかわからず、戸惑った。怜王はコーヒースプーンを持ったまま、視線を落とした。

「俺はね、東屋さんにいろんなこと教えてもらって、すごく変わったんだよ」

コーヒーをかき回し、怜王はスプーンを戻して東屋と視線を合わせた。

「先のこと考えられるようになったし、いろんなこと頑張れるようになったし、自分のことをダメなやつだとも思わなくなった。…だからそれを大事にしたくて。ごめん、意味わかんないよね」

怜王の瞳がわずかに揺れた。

「でももう、俺のこと探したりしないで」

怜王の声が震えて、はっとした。

「あんな一方的に終わりにして、悪いなって思ってた。ごめんなさい。でもあのときは、あれが精一杯で、――だから、これで。もういくね」

断ち切るように怜王が立ちあがった。

勢いがよすぎてテーブルが揺れ、コーヒーが跳ねた。

「さよなら」

一口も飲んでいないコーヒー代をテーブルに置いて、怜王はブルゾンを掴んだ。

「怜王」

慌てて引き留めようとしたが、怜王は早足でレジの前を通り過ぎて外に出ていった。

黙って姿を消したことを謝るためだけに来たのだと、東屋はようやく理解した。さよなら、と怜王ははっきりそう言った。

レジで支払いをして、東屋は店を飛び出した。

明確に別れを告げられた。拒絶された。

それなのに、東屋は猛然と怜王を追いかけた。

今引き下がるわけにはいかない。絶対にだめだ。

衝き動かされるような衝動に、東屋は店の駐車場を突っ切って歩道に出た。どっちだ、と左右を見渡す。怜王は高架沿いを早足で歩いていた。ブルゾンの後姿が、妙に頼りなく見える。

「怜王！」

なにか考える前に、東屋はスーツに革靴で全力疾走した。

深夜の歩道をオレンジの明かりが照らしている。怜王が足音と気配に振り返った。

「怜王！」

大きく目を見開き、怜王が驚いて足を止めた。はあはあ息を切らして、東屋は隣に並んだ。深夜の車道は通り過ぎる車もまばらだ。通り沿いの店も軒並みシャッターを下ろしている。

「好きだ、怜王」

こっちを向いた白い顔に、ぶつけるように言った。

怜王はさっと前を向いて、無言のまま歩き出した。

「好きだから、探してた」

息が街灯の明かりに溶ける。怜王の横顔は暗くて表情がよく見えない。

反応のない相手に自分の気持ちを伝えるのがこんなにもエネルギーのいることなのだと、初めて知った。

自分の気持ちは言わなくてもわかってるだろう、とあのころ東屋は、気恥ずかしい、というだけの理由で怜王の言葉を適当に受け流していた。

毎日触れ合っているんだからいいだろう、と愛情を育てることに手を抜いていた。

未熟だったし、傲慢だった。

「偶然だけど、偶然じゃない。俺はいつか絶対に見つけてた」

きいてくれてはいるが、怒っているのか、うんざりしているのかすらわからず、怜王はうつむきがちにただ歩いている。今、自分が味わっているもどかしさは、あの頃怜王に強いていた気持ちだ。

赤点滅になっている歩行者信号を渡り、高架をくぐり、住宅街に入って、細い路地を歩いていく。車道が遠くなると急に静かになった。

「――好きだ、怜王」

怜王の耳に届くくらいの小さな声で囁いた。ブルゾンの襟に顎を埋めていた怜王が顔をあげた。

「どうして」

怜王の唇から白い息と一緒に声が吐き出された。

「どうして今ごろ、そんなこと言うの」

「…今さら、って言われてもしかたがない。でも好きだ」

怜王の歩くスピードが徐々に落ちていく。

自覚していなかったが、東屋は誰に対しても疑念から入る癖があった。その好意は本物なのか、その信頼は裏切られないのか。今も完全に抜けきっているとはいえないが、少なくとも覚悟はできた。

好きな人に手を差し出すのは勇気がいる。怜王は何度も何度も手を伸ばしてくれた。

「俺は、大事なものをちゃんと大事にしてなかった」

怜王の唇が動いた。

「——自分だけ」

ためらうように話し始め、怜王の声が途切れた。東屋は「うん」とうなずいて、促した。

「自分だけが、好き、みたいで」

「うん」

「俺なんか、って思ってたときは平気だった。最初は俺の完全な片想い、だったし。だから東屋さんがそっけなくても、当たり前だ…って、納得してた」

怜王がぽつりぽつりと東屋にとって耳に痛い言葉を吐き出す。東屋は怜王の唇から洩れる白い息を見つめていた。ブルゾンに両手を突っ込んで、怜王は首を襟に埋めるようにしてゆっくり歩いている。

「つき合ってても、愛情に差があるのなんて当たり前じゃん？　東屋さんの性格もわかってるし。それに、好きだよ愛してるよって口だけはいくらでもって彼氏ばっかりとつき合ってたから、東屋さんは違う、ちゃんと俺のこと好きなんだって信じてた。でもだんだん、——ないがしろにされてる、ような気がしてきて」

そんなことはない、と遮りたかったが、自分がしたことはその通りだ。

東屋は黙って話をきいた。

「悲しくて、自分がかわいそうに思えてきて、……俺なんかと一緒にいてくれてるだけで充分じゃんかって、何回も思ったけど、俺なんか、って思うのが嫌になった。東屋さんがいろんなこと教えてくれて、頑張れるようになったら、自分のこと『俺なんか』って思うのが嫌になったんだよ」

「全部俺が悪い」

自然に口をついて出た言葉に、怜王が足を止めた。

「俺が悪かった。許してくれ」

せせこましい民家の連なる住宅街はしんと静まり返っている。さっきまで歩いていた国道の方からときおりトラックの走行音がきこえるだけだ。

怜王が黙って東屋を見あげた。暗くて、やはり表情がよく見えない。でも街灯を背にしている怜王からは、自分の顔は見えているはずだ。

「もう一回、やり直させてほしい」

都合のいいことを言っている、という自覚はある。でも、だからといって正直な気持ちを偽るつもりはなかった。

諦めるくらいなら、最初から探していない。自分の意思で去った人を、こんなふうに追いかけたりしない。

「好きなんだ」

拒絶されるのを覚悟していると、怜王はしばらく黙り込み、ややしてうつむいていた顔をあげた。

「――ごめん」

もう傷つくのは嫌だ、という心の声がきこえてきそうで、東屋はぐっと拳を握った。自業自得だ。

「家まで送らせてくれないか」

困らせたくない。でも諦められない。

「家の近くまで送ったら帰る。ストーカーみたいなことはしない。約束する」

東屋が頼むと、怜王はまたうつむいてしまった。

断られたら今日は帰ろう、と決めたとき、怜王がためらうように歩き出した。

「いいのか？」

怜王は返事をしなかったが、東屋があとを追っても足を止めなかった。両手をブルゾンのポケットに入れたままゆっくりと歩いている。

シャッターの下りた店舗をいくつか通り過ぎると、古い集合住宅が見えてきた。敷地に入ると車が何台か駐車されていて、建物の後ろには大木が枝を広げている。築年数は経っているが、メンテナンスは行き届いているようだ。怜王は四階建ての建物の前で足を止めて、東屋のほうを振り返った。

　怜王の背後に月が見えた。今夜は半月だ。雲がかかっていて月明りはぼやけている。満ちたり欠けたり、遠くなったり近くなったり、ときには完全に姿を消してしまっても、探しさえすれば必ずまた見つけられる。

「じゃあ、ここで」

「東屋さん」

　約束通り引き下がろうとすると、思いがけず引き留められた。

「――コーヒーくらい、出すけど」

　一瞬、言われた意味がわからなかった。

「え？」

「インスタントしかないけど、いい？」

　東屋は焦ってうなずいた。

「も、もちろん」

　うなずいた東屋に、怜王は自分の言葉を後悔するように唇を結んだ。

「あ、いや。今日は帰る。っていうか、そんな簡単に許してもらえるとは思ってないから」

　ほんのわずかに開いた心を、無理にこっちに引き寄せようとは思わなかった。

「──でも、電車ないでしょ」

なにか考えていた怜王が、思い切ったように顔をあげた。

「今の時間、タクシーもなかなか掴まらないから。配車頼んで、待ってたら？」

「あ、じゃあ…」

「うん」

今さら緊張して、東屋は怜王のあとから階段をあがった。開放廊下の手すりや壁もきれいに補修されている。怜王の部屋は二階の一番奥だった。

「──あれ？」

足音をたてないようにそっと廊下を通り、怜王が鍵を出そうとして、首をかしげた。

「ちょっと待って。えっと…」

ボディバッグの中を探り、デニムのポケットを探り、だんだん焦って、バッグを首から外した。

「鍵ないのか？」

「ご、ごめん。あれ？」

「──財布の中、見てみろよ」

ちょっと考えて、東屋は怜王が引っかきまわしているバッグの中から覗いている財布をさした。

「えっ？」

「さっき、コーヒー代って財布出してただろ？」

「う、うん…」

「小銭入れのとこに入ってないか？」

　怜王はすぐに鍵を出せるように、家に帰る前にはポケットに入れる習慣がある。一方で細かいものは失くさないように財布の小銭入れに放り込む癖もあった。

「あ」

　怜王が半信半疑の顔で小銭入れを確認し、びっくりした顔で鍵をつまみ出した。

「あったぁ！　…あっ」

　廊下に声が響いてしまい、怜王は慌てて口を押さえ、それから恥ずかしそうに笑った。懐かしさに東屋も笑った。

　怜王が失くしものをするたびに、東屋はこうして直前の動きを考え、推測し、見つけてやった。怜王も同じことを思い出しているのがわかる。

「どうぞ」

　鍵を開けて、怜王が先に中に入った。玄関に入ると、怜王が「ありがとう」と振り返って鍵をかざした。

「それにしても、東屋さんってやっぱりエスパーだ。本当に、なんでわかるの？」

「それは」

万感の思いがこみあげて、東屋は靴を脱ごうとしている怜王を後ろから見つめた。見慣れたブルゾン、少しだけ伸びた黒髪、スニーカーもいつも履いていたコンバースだ。

「俺が、――怜王を好きだからだ」

怜王がはっとしたように動きを止めた。

「好きな人だから、いつも見てる。だからわかる」

振り返った怜王の頬にみるみる血が上る。

「なんで」

怜王が掠れた声で呟くように言った。

「――なんで、そういうの、もっと早く言ってくれなかったんだよ」

文句をつけながら、けれど怜王の瞳は潤んで、睫毛が光っている。

「もっと早く、そういうのを、い、言って、くれたらさ…」

その通りだ。

「ごめん」

「本当に?」

怜王がうつむいた。

「俺のこと、本当に、す、すき…?」

「好きだ」

こみあげてくるもので、胸が熱くなる。

「怜王」

抱きしめたい、という衝動をこらえて、東屋は怜王が顔をあげるのを待った。玄関の明かりが、怜王の髪先を光らせている。素直な黒髪だ。触れたいと思ったときに怜王が顔をあげた。

「だめだ」

呟くような声がしたと思ったら、体当たりするように怜王が飛びついてきた。

「怜王？」

東屋は焦って怜王を抱き留めた。

「だめだ、だめだ」

泣くような声で言いながら、怜王が首にしがみついてくる。

「東屋さん」

なにか考える前に、東屋は力いっぱい怜王を抱きしめていた。

「東屋さん、東屋さん、東屋さん」

怜王が顔をあげた。涙で濡れた目が一心に見つめてくる。

「やっぱり俺、…東屋さんが好き」

とっさに言葉が出てこなかった。

「——俺もだ」

そう言うだけで精一杯だった。

怜王の唇が震え、小さく笑ったと思ったら、突然ぽろぽろ泣きだした。

「怜王」

東屋は涙を拭っている怜王の手にそっと触れた。

「ごめん、ちょっと…ま、待って」

なにか気の利いたことが言いたいのに、思いつかない。

怜王が泣き止むまで、長い時間、二人でそうして立っていた。

## 10

「えぇー、なにこのゴージャスな夜景！　ホテルじゃん！」

おっかなびっくり玄関から入って来た怜王が大声をあげた。

「すっごい！　そんで、あったかい！　なんで？　まさか二十四時間エアコンついてんの？」

「エントランスで開錠したら、自動で空調がオンになるように設定してるんだ」

「ふわー、未来っ」

引っ越ししてきた当初に予想したとおりの反応をする怜王に、東屋は笑った。大騒ぎしているのは、若干の照れもあるからだとわかっている。

不意打ちに再会して、一週間が経った。

あの夜は、コーヒーをご馳走になって朝まで話した。あんなに長い時間話したのは、考えてみれば初めてだったかもしれない。

怜王は東屋が都内のベビーホテルやシッターサービスまでしらみつぶしに当たっていたことを知って驚いていた。

怜王のほうは東屋が推測していたとおり、かつての友人を頼って寮つきの水商売の従業員をして金を貯め、そのあと自分でアパートを借りて託児所のバイトを始めていた。施設長の方針に疑問があったり条件が合わなかったりでなかなか続かなかったが、ようやく今のところに落ち着いて三ヵ月目に入ったところだ、と話してくれた。

次の日も仕事だったので、明け方少し仮眠をとって、始発で帰った。帰り際、玄関まで見送ってくれた怜王と一度だけキスをした。

唇を触れ合わせただけだったのに、身体中が潤うようだった。

そのあとも毎日なにかしら連絡はとり合っていたが、不規則なシフトで働いている怜王とはなかなか会えなかった。

今日と明日は東屋が怜王の休みに合わせて代休をとり、夕方駅で待ち合わせをした。この一週間ですっかり元の関係に戻っていて、家で一緒に料理をしようとあれこれ買い物をするのも楽しかった。

「わー、キッチンもかっこいい。ぜんぶパネル式なんだ！」

怜王が家にいるのが、なんだか不思議だ。

「風呂見てもいい？」

これなに？　あれなに？　と大騒ぎしている怜王の声をききながら、東屋はキッチンで湯を沸かした。

「東屋さん」

ハンドドリップでコーヒーを淹れていると、怜王が浴室から戻って来た。

「いい匂い」

カップにコーヒーを注ぎ分けると、カウンターの隣に立って、怜王が目を細めてコーヒーの香りを楽しんでいる。

「熱いぞ」

「ありがとう」

自然に見つめ合い、怜王が照れくさそうに笑った。

「東屋さん」

「うん?」

「かっこいい。大好き。えっちしよ」

久しぶりにきく台詞に、笑ってしまった。

怜王も楽しそうに抱きついてくる。

「ベッドいこうよ」

「よし」

淹れたばかりのコーヒーを置き去りにして、そのまま寝室に入った。家電はほぼ買い替えたが、ベッドもキッチンテーブルも以前と同じものを使っている。いつも一緒に寝ていたベッドが、カバーもそのままなのを目にして、怜王が照れくさそうに笑った。

「なんか、懐かしい」

キスを交わしながら服を脱がせ合い、久しぶりに抱く怜王の身体に、自分でも驚くほど気が逸った。それでいて、慌ただしいのはもったいなくて、東屋はゆっくりと怜王を組み敷いた。

「あのさ、東屋さん」

「うん?」

「俺、謝らないといけないことがあって」

東屋の唇をはむ、とはさんで、怜王が上目遣いで東屋を見た。

「なんだ？」

「怒らないでよ」

どきっとしたのは、怜王が疎遠の間に他の男と関係を持ったのでは、と閃《ひらめ》いたからだ。自分と出会う前、怜王は奔放な性生活を送っていた。自分に愛想を尽かした怜王が、他の男と寝ていたとしても責める権利はない。

「初めてのとき…、その、東屋さんが酔っ払ってたのを送ってってたとき、俺も酔っててよく覚えてない、なんかしたかもだけどまあ事故みたいなものだし…って言ったじゃん？」

怜王が、まったく予想していたのと違う話をし始めた。

「ああ」

怜王と出会った当初のことだ。

いくら前後不覚に酔っていたからといって、自分が初対面の、それも男と間違いを起こしたことに、あのときはかなりショックを受けた。

「あれ、本当は違うんだ」

怜王の声が小さくなった。

「ん？」

「俺が襲いました」

怜王が言いづらそうに告白した。

「東屋さんが酔ってるのをいいことに、無理やりえっちに持ち込みました」

「謝らないといけないことって、それか？」

「うん」

気が抜けて訊くと、怜王は神妙にうなずいた。

「なんだ」

「怒ってない？」

怜王がおそるおそる訊いた。

「なんとなく、そんな気はしてた」

「えっ、そうなの？」

ずっと気にしていたらしい様子に、酔った勢いでやったことなのだろうとは思っていたが、推測していた以上の計画犯だったとわかった。

「ごめんなさい」

「よし許そう」

わざと偉そうに言うと、怜王が楽しそうに笑った。

「俺はまた他に男ができてたとか、そういう話かと思った」

以前なら、こんなことをすんなり口にはできなかった。怜王がえっ、と目を丸くした。

「もしかして、やきもち焼いてくれたの？」

「文句言える立場じゃないけどな」

さすがに気恥ずかしくなって目を逸らすと、怜王がぱっと顔を輝かせた。

「なんだよ」

「だって！」

怜王が抱きついてきた。

「俺、誰ともしてないよ！　あ、東屋さんも…？」

「ねえよ」

すっかり以前と同じ空気に戻っていて、それが嬉しい。怜王が顔を近づけてきて、軽くキスをした。

「で、あのとき怜王は俺になにをした？」

「えっ…」

好奇心から訊いただけだったのに、動揺したように目を瞬かせたのに妙な色気を感じて、東屋は怜王の顎を掴んで自分のほうに向けた。

「俺は本当に覚えてないんだ。なにした？」

「なに、って…」

怜王の瞳が急に潤んだ。セックスのとき、ちょっと意地悪な物言いをすると興奮する性質だということは知っている。

「やってみろよ」

ほら、と促すと、怜王の瞳がじわりと潤んだ。

「えっと――寝てるの起こさないように、そうっと脱がして……」

怜王が身体を起こした。怜王のほうはもうぜんぶ脱いでいるが、東屋はまだテーパードを穿いていた。怜王が脱がそうとするのに協力して、自然に仰向けになった。

「びっくりさせないように、ゆっくり触って、ちょっとずつおっきくして…」

ボトムを脱いだ東屋の下半身に、怜王が頭を近づける。

「――」

久しぶりの感触に、息を呑んだ。

熱く湿った粘膜が敏感な箇所に触れる。最初は遠慮がちに、そのあと徐々に舌が生き物のように動き出した。

「ふ……っ、……」

小刻みに息継ぎをして、深く呑み込まれた。

「それで?」

髪を撫でて、先を促す。急に、口淫が激しくなった。夢中になっているのがわかり、東屋もそれに引きずられた。

「う、……っ、あ……」

濡れたリップ音がいやらしい。わざと下品な音を立て、舐め、吸われて、久しぶりだったこともあってあっという間に達しそうになった。

「怜王、ストップ」

慌てて制すと、怜王が素直に口を離した。目が潤み、唇は濡れて光っている。

「怜王」

もうすっかりスイッチが入っていて、怜王は片手を後ろにまわし、自分でそこを広げている。

「こうやって、…勃たせて乗っかって…」

「もういい」

「東屋さんがしろって言ったんだよ?」

怜王が口を尖らせた。軽く睨んでくる顔が可愛い、と思ってしまう。

「あっ……」

手首を掴んで引き寄せると、もう一度怜王を組み敷いた。勢いにまかせて口づけると、怜王はすぐ大人しくなった。

「――ん、……あ、……」

キスの好きな怜王の唇を舌先で割ると、大喜びで口の中に迎えられる。手を探して指を絡め、思い切り口づけた。

「は、……っ、ん——ぅ……」

首筋、鎖骨、小さく尖った乳首へと舌で順に辿ると、敏感に反応する。

「あ、……う、う……」

怜王は感じやすい。こらえきれず洩れる声が泣くように震えた。

そそられるまま、中心を深く口に含むと怜王が息を呑んだ。

「や……あ、…っ」

舌を使うと、身体をよじって快感から逃げようとする。自分がするのは好きなくせに、される側になると怜王は毎回逃げを打つ。東屋は怜王の手首を掴んで抵抗を封じた。

「——あ、あ……っ、や…っ」

怜王の弱いところは知っている。敏感な裏のところを舌でなぞると、怜王は本当に泣き出した。

「いや、そ、——それ、し、しない…で、…もう、もう無理、だから…っ」

あまりに切羽詰まった声に、口を離してやった。

「うぅ…」

怜王ははあはあ息をしながら、両手で目をこすった。恨むような、甘えるような顔が可愛い。東屋は涙で濡れた怜王の頬に触れた。

薄く目を開いた怜王の首筋が汗で濡れている。鎖骨、小さな乳首、縦長に切れ込んだへそ、淡い翳《かげ》りと濡れた性器。

自分でも不思議だが、東屋は最初から怜王の身体に欲情した。

怜王自身のことは気に入っていたが、好きだと告白された当初は、「あり得ない」と困惑しただけだった。自分は同性愛者ではないし、怜王を恋愛の対象に見られるわけがない。

それが一緒に過ごすうちに変化していき、いつしか怜王のちょっとした仕草に奇妙な情動を感じるようになった。

怜王は集中力があって、なにかに熱中していると東屋が見ていても気がつかない。長い睫毛や小さな尖った鼻、厚めの唇に目を惹きつけられ、どうかすると触れてみたくなる。

酔って記憶をなくした夜のことを、なにがあったのか、とふと想像したりもした。

あのとき――お願い、と怜王に縋られて、東屋はどうしようもなく応えてしまった。

自分が怜王のお願いに弱い、という自覚はあった。一生懸命訴える目が、昔可愛がっていた飼い犬に似ていて、多少の無理でもきいてしまう。

でもあのとき、東屋ははっきり欲望を抱いた。突きあげてくる荒々しい欲望に自分で驚いた。

「東屋さん」

怜王が手を伸ばして、東屋の頬に触れた。

「もう、したい。…し、しよう」

怜王は言いながら、我慢できない、というように脱いだ服のポケットから携帯用のジェルのパッケージを探し出して、封を切った。

寝室の明かりはついていないが、ドアを開けっぱなしにしているのでリビングからの明かりが入ってくる。怜王が興奮で瞳を潤ませ、頬を火照らせているのまではっきりわかった。

「上で、していい…？」

怜王が東屋の上に乗りかかってくる。左手を東屋の横につき、前屈みになって右手を後ろにやった。

「――ん、ぅ……」

濡れた唇が、何度も口やまぶたに押しつけられる。ジェルが垂れて、脇腹や腿に伝ってきた。

「すき」

「うん」

怜王が膝立ちになり、東屋が差し出した手に掴まった。怜王の喉が艶めかしく動く。

「――……っ、は……」

腰を支えてやると、怜王は細い息を吐いた。ゆっくりと熱い感触に呑み込まれていく。

快感に包まれ、東屋も息をついた。

「あ、あ……いい、すご…い、いい……っ、あ……」

怜王の声が快感に蕩けている。内腿がじっとり湿り、びくびくと震えている。感じているのがダイレクトに伝わってきて、東屋も一気にボルテージがあがった。

「も、なんでこんな……合う、ん、だろ…最高……」

切れ切れに言って、怜王が我慢できない、というように腰を使い出した。絞られるような感覚に引きずり込まれる。

「あっ、あっ、…は、あ……っ」

夢中になっているのが可愛くて、愛おしい。東屋は怜王の揺れている勃起に触れた。中での快感がどれほどのものなのか、挿入するとほとんど同時に射精していて、それなのにまだゆるく勃起している。

「――ん、う……さ、触んな、い…で、あ、だめ――」

止めさせようとしているのを無視して指で敏感なところをなぞると、途端に背中をのけぞらせた。

中が痙攣し、いきなり頂点まで連れていかれそうになった。

「あ、あああ……っ、は――」

膝が砕けて、怜王が倒れ込んでくる。

汗ばんだ熱い身体を抱き留めて、東屋は衝動に任せて体勢を入れ替えた。

「怜王」

「――あっ、…あ…ずま――」

両足を大きく開かせると、一息に奥まで押し入った。征服欲が満たされ、次に愛おしさで満たされる。

「怜王、――」

手を探して指を絡めると、怜王がうっすらと目を開いた。しっかりと握り返してくれる指に、東屋は口づけた。もういくらも保たない。

怜王がついてこれるように、ゆっくりと律動を送ると、白い喉がひくりと動いた。快感と愛情が結びつき、いつまでもこうしていたくなる。

「――ん、うぅ……っ、東屋さん、もう……」

懇願するような甘い声に、我慢ができなくなった。

「怜王」

欲求のまま恋人の身体に溺れる。

「あっ、あ、あ……っ」

切羽詰ったように怜王がしがみついてきた。中が痙攣して、熱く締めつける感覚に、東屋も頂点が見えてきた。

「東屋さん――す、すき…」

最高の一瞬に、東屋は強く恋人を抱きしめた。

明け方近くまで久しぶりの行為に没頭して、もう無理、と怜王が音をあげた。東屋もさすがに限界で、ぐしゃぐしゃになったシーツの上で、息が収まるまで無言で怜王を抱きしめた。

「はー…」

怜王が気だるげに息をつき、それがあまりに満足そうだったので笑ってしまった。

「朝になっちゃった」

ブラインドの隙間から、白い朝の光が差し込んでいる。怜王がちょっと気恥ずかしそうに瞬きをした。

「シャワーしないと」

「立てるか?」

「無理かも…」

情けない声で言って、怜王がくっついてくる。汗で濡れた怜王の前髪を指で梳《す》いてやると、気持ちよさそうに目を細めた。

「もうちょっとだけ、こうしてていい?」

返事の代わりに腕を伸ばして、怜王の頭を載せてやった。

「本当に、東屋さんだ」

至近距離で見つめて、怜王が噛み締めるように呟いた。

「本当に、ってのはなんだよ」

「…夢、みたいで」

怜王が微笑んだ。眠くなってきたのか、目がとろんとしている。

「夢じゃないよね？」

「夢でたまるか」

どんだけ探したと思ってるんだ、と鼻をつまむとふふっと笑った。

「怜王、一緒に暮らさないか」

「え？」

眠そうにしていた怜王が、びっくりしたように目を見開いた。

「怜王には怜王の都合もあるだろうから、すぐは無理だろうけど、そのうちどこか探して一緒に…」

「うん！」

ぜんぶ言い終わらないうちに怜王がぎゅっと抱きついてきた。

「嬉しい」

「そうか？」

お馴染みの「照れくさい」で目を逸らしてしまいそうになって、すぐっと我慢した。

「東屋さん、好き」

「うん——俺もだ」

早口で言うと、怜王が小さく噴き出した。

「そんな無理しなくてもいいよ」

「無理、ってことはない」

言いづらいだけで、と言い訳したら怜王がまた笑った。

「あのさ。俺いつかシッター派遣の会社やりたいんだよね」

怜王が眠そうに身じろぎながら、唐突に言った。

「派遣会社？」

「うん。いつかね。安全な保育環境と、シッターさんの労働…環境と、そういう…いろいろ理想があって。それで、東屋さんとも一緒に暮らす。…あー、夢があるのっていいなあ」

睡魔に襲われながら、怜王がしみじみと言って東屋の手をとった。

「実現、できるかどうかなんて、関係、なくて、やりたいことがあるのって、すげー…幸せ」

「会社はともかく、一緒に暮らすのは夢じゃないだろ、実現可能だろ」

東屋が言うと、怜王はもう半分眠りかけながらふにゃっと笑った。

「そうだね」

「そうだろ」

うん、とうなずいたが、怜王はそのまま寝入ってしまった。

半分開いていたブラインドから朝焼けの空が見える。まだうっすらと月が残っていた。

東屋は怜王の髪に触れた。

探して探して、やっととり戻した。もう二度と手放さない。

「夢でたまるか」

東屋は自分の腕の中ですうすう寝息を立て始めた恋人に微笑んだ。

了

## ■あとがきとおまけ■

こんにちは、安西《あんざい》リカです。

ショコラ文庫さんから五冊目の本を出していただけることになりました。これもいつも応援してくださる読者さまのおかげです。また、今作も担当さん始めたくさんの方にご尽力いただきました。深く感謝いたします。

お忙しい中挿絵を引き受けて下さったみずかねりょう先生。素晴らしくスタイリッシュなイラストをありがとうございました。怜王のハーフアップ最高です…！

そしてなにより本作を手にとった読者さま。本当にありがとうございました。これからも頑張りますので、どうぞよろしくお願いいたします。

＊＊＊＊

夜勤明けの朝、睡魔が襲ってくる前に「おはよ」とだけメッセージを送った。東屋《あずまや》は出勤中か、会社に着いた頃だ。寝る準備をして、怜王《れお》は窓の遮光カーテンを引いた。白っぽい冬の空にはまだ切り損ねた大根のような月が薄く残っている。

彼と再会して三ヵ月が過ぎた。

休みが合わないどころか、夜職の頃と同じように生活時間もなかなか合わなくて、東屋と一日一緒に過ごせたのは、まだたった四回だ。

もっと会いたいし、そばにいたい。でも以前のように東屋に合わせようとは思わなくなった。

「ん」

ベッドにもぐり込んでスマホの通知を切ろうとしたら、メッセージが来ていた。

〈おやすみ〉

たった四文字がしみじみと嬉しい。

この前の火曜は、東屋が代休を取ってくれた。その前の土曜は夜勤明けのまま怜王が会いにいった。お互い、自然に融通をつけ合って会う。今夜は会社帰りの東屋と、駅前のカフェで少しだけ会う約束だ。早く住むとこ決めようぜ、と東屋はいつも最新の不動産情報を持ってくる。

おやすみ、という文字をもう一度眺めているうちに心地よい眠気がやって来て、怜王は満ち足りた気持ちで目を閉じた。

＊＊＊＊

安西リカ

初出
「ベターハーフムーン」書き下ろし

CHOCOLAT
BUNKO

この本を読んでのご意見、ご感想をお寄せ下さい。
作者への手紙もお待ちしております。

あて先
〒171-0014東京都豊島区池袋2-41-6
第一シャンボールビル 7階
(株)心交社　ショコラ編集部

ショコラ公式サイト内のWEBアンケートからも
お送りいただけます。
http://www.chocolat-novels.com/wp_book/bunkoenq/

# ベターハーフムーン

2022年9月20日　第1刷



著　者:安西リカ
発行者:林 高弘
発行所:株式会社　心交社
〒171-0014　東京都豊島区池袋2-41-6
第一シャンボールビル 7階
(編集)03-3980-6337 (営業)03-3959-6169
http://www.chocolat_novels.com/
印刷所:図書印刷 株式会社